Collection "In Extenso"

GEORGES BEAUME

Les Amants Maladroits

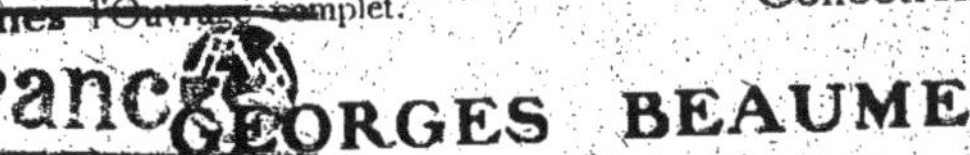

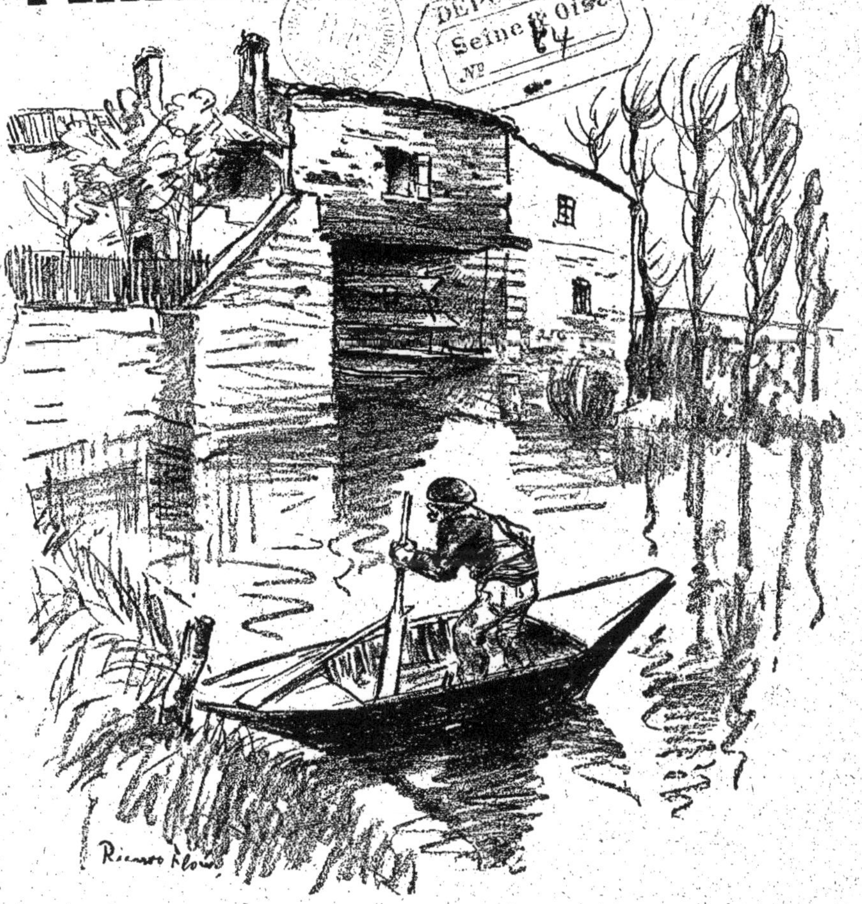

LA RENAISSANCE DU LIVRE
78, Boulevard Saint Michel, — PARIS

LES AMANTS
MALADROITS

GEORGES BEAUME

LES AMANTS MALADROITS

ROMAN

PARIS

LA RENAISSANCE DU LIVRE

78, BOULEVARD ST-MICHEL, 78

GEORGES BEAUME

Georges Beaume est né le 12 mai 1864, dans le Midi, au cœur de la petite ville si pittoresque de Pézenas, entre deux rivières, l'Hérault et la Peyne, auprès d'un monticule où s'élevait autrefois l'orgueilleux château de Montmorency, qui fut rasé par ordre de Richelieu.

Ses études au collège de la ville n'attirèrent pas sur lui l'attention de ses maîtres. Sa vocation précoce le détourna de bonne heure des livres ; et tout le rêve qui s'agitait en lui, déjà, l'éloignait irrémédiablement de la leçon commune et du triste devoir. Le latin et le grec ne l'intéressaient guère. Mais il suppléa à cette culture classique par de vigoureux dons personnels. Aussi, fut-il le réfractaire, l'irrégulier qui ne se plie pas à la discipline générale, et dont la façon de voir et d'être est en désaccord avec celle des autres, comme une perpétuelle provocation. Son indépendance, sa vie solitaire au milieu des livres, devant la lampe et l'encrier, choquaient tous ceux qui ne le comprenaient point.

Il s'était fait, sous les toits, dans une petite chambre isolée, un refuge délicieux où il pouvait se retrouver en face de lui-même et de ses pensées, aux heures de travail. Un jour, une pierre, lancée par la fenêtre, tomba sur sa table. Ce pouvait être un désastre. Ce ne fut qu'amusant.

A vingt-neuf ans, il vient à Paris. Un modeste emploi à la Préfecture de Police lui assure l'existence. De cette époque datent ses premières œuvres.

Cyniques, le premier roman du jeune écrivain, paraît aux frais de l'auteur, en 1888, chez Piaget. Il rencontre Léon Cladel qui s'intéresse à lui et écrit la préface de son second ouvrage. En 1891, voici *Lirette*. Georges Beaume ne s'affirme pas encore pleinement. Il tâtonne, il hésite. C'est en 1892, avec *Le Péché*, qu'il se signalera enfin d'une manière éclatante et presque définitive.

Ironie des choses! *Lirette* s'était bien vendu. Ce n'était pourtant qu'une œuvre secondaire. *Le Péché*, qui se fit remarquer par des qualités de premier ordre, ne se vendit pas. L'élite est cependant acquise au jeune écrivain. On lui fait parvenir un jour une lettre qui avait été adressée à son éditeur. Elle était ainsi conçue :

« *Le Péché* est un livre original et beau. Je serais bien heureux de connaître Georges Beaume. Où est-il ? Où vit-il ? Comment se rencontrer avec lui ? Un mot de réponse est impatiemment attendu. Alphonse Daudet. »

Cet encouragement d'un véritable maître fut reçu par Georges Beaume avec une immense joie. Désormais, il pouvait avoir confiance en un avenir dont l'aurore était ainsi magnifiquement saluée. C'est Paul Margueritte qui apporta chez Plon l'œuvre heureuse de l'écrivain, encore inconnu la veille. Et l'éditeur — qui venait de fonder *la Revue Hebdomadaire* — signe avec sa nouvelle recrue un traité lui garantissant huit volumes.

C'était l'effort facilité, le lendemain assuré.

D'octobre 1892 à décembre 1895, les œuvres se succèdent : *Une race, Au Pays des cigales, Aux jardins, Les Quissera, La Bourrasque, Jacinthe, Les Robinsons de Paris, Les Amoureux, Les Deux Rivales, les Vendanges.*

A l'œuvre du romancier s'ajoutaient, entre temps, des ouvrages de critique et de biographie : *Eugène Fromentin* et *Michel-Ange*, qui, dès le premier jour, rencontrèrent un éclatant succès.

Comme Émile Pouvillon, Georges Beaume reflète dans ses livres sa race et son pays qu'il exprime avec tant d'émotion. Le Languedoc chante dans ses pages lumineuses. Il est un écho sympathique de cette terre ardente aux grands causses nus, aux lagunes bleues, aux garrigues rougeâtres, que Michelet a comparée, non sans raison, à la terre de Judée.

Les amis de Georges Beaume, ses ennemis même — et qui n'en a point lorsque l'on s'affirme avec tant de vigueur ? — accordent que sur le domaine de la littérature il ne boit que dans son verr un vin pur et chaud.

Dans le roman, *Les Amants maladroits*, que nous avons la bonne fortune d'offrir aujourd'hui à nos lecteurs, on retrouvera tout entier ce remarquable écrivain à l'âme frissonnante, de douleur, de pitié ou d'ironie.

LES AMANTS MALADROITS

1

LES GUITTOU EN CONFÉRENCE

Depuis des générations, les Guittou tenaient boutique de cordonniers à l'ombre de l'église paroissiale, dans la rue Saint-Jean, à Pézenas. En bas, sous les chambres du père et du fils, s'étendait, avec la cuisine, la boutique ombreuse et fraîche, embarrassée d'outils, de formes, d'escabeaux, de morceaux de cuirs, où il était aussi difficile de se frayer un passage que de traverser sur des pierres le gué d'un ruisseau.

Des murs épais, polis par l'usure, s'élevaient à la hauteur des coudes, du côté de la rue. Sûrement, tout Pézenas s'était accoudé là, pour flâner un moment, bavarder et rire. La porte à claire-voie, lourde, bardée de fer, demeurait toujours accrochée, au milieu des murs.

Les Guittou n'étaient pas fiers. Cependant, ils avaient, à force de labeur et de sobriété, amassé des économies, une fortune presque dans leur condition. Mais, ayant sans le savoir la passion du jeu, ils la plaçaient sur des emprunts et la perdaient à mesure.

Poètes à leur manière, ils projetaient une vie de bien-être dans un coin de leur campagne, à la clarté des verdures, au bord de l'Hérault. Emprisonnés du matin au soir dans leur maison, accroupis sur l'escabeau et penchés sur l'ouvrage, qu'eussent-ils fait de leur cœur, sinon des rêves, tout en tirant le fil, en frappant les morceaux de cuir sur leur bout de silex? Ils ne pouvaient, les pauvres, sortir que le dimanche, quelques heures d'après-midi.

Ces braves Guittou, on les voyait toujours ensemble, on les reconnaissait de loin. Tous deux rasés, habillés de noir, luisants des pieds à la tête: Guittou le père, de taille moyenne et corpulente, la figure un peu rouge, des sourcils blancs aussi gros que des moustaches; et Luc, Luc Guittounet, qui,

recroquevillé et balançant les bras, portait allégrement sa bosse renommée.

Ce dimanche de mars, ils suivaient la route de Castelnau-de-Guers en devisant de leurs affaires. Plus sérieux que de coutume, ils jetaient autour d'eux des regards d'inquiétude, comme pour demander à la plaine, au vaste ciel, un conseil et un secours. La route, à peine sinueuse, s'en allait paisiblement sous les platanes, puis se dressait vers le pont suspendu qu'une charrette ébranle de temps à autre. Sur les coteaux, de l'autre côté de la rivière, les olivettes couleur d'argent scintillaient de leurs cimes légères au rayon pourpre du couchant. Dans les lointains, sur le clair horizon, émergeaient les clochers séculaires, les maisons blanches des villages qui se sont établis autour de Pézenas, aussi nombreux que des troupeaux parqués autour d'une bergerie. Le jour las s'éloignait lentement. Dans la solitude, l'air devenait plus sonore : aussi, les voix se détachaient distinctes, d'un son de cristal, emportées par la brise qui caresse en passant la feuillée des platanes.

Guittou parlait:

— Je ne dis pas, mon Luc, ton oncle Jérôme est peut-être plus fou que nous autres.

— Nous le sommes trop.

— Ma foi, je l'avoue. Cependant, nous ne devons rien à personne. L'argent que nous avons gagné, nous l'avons perdu, tant pis!... Nous n'avons qu'à en gagner autant

— Ah! nous n'en gagnerons jamais plus... Je crains que Jérôme ne nous entraîne dans ses misères.

— Les Guittou qui travaillent n'ont jamais craint la misère. Voyons, si je ne m'intéresse pas à ton oncle, qui donc lui prêtera assistance?... Et puis-je le laisser souffrir?

— Voilà qu'il nous implore maintenant, dans ses lettres! Quand il a quitté Pézenas il y a cinq ans, il nous toisait de haut, il proclamait au monde, dans la rue, que bientôt il reviendrait avec de la fortune.

— Ne t'emporte pas, allons !... Tu sais

que l'ambition a toujours perdu les hommes.

— Oh ! je ne suis pas méchant. Seulement, il y a des malheurs mérités.

— On ne peut contester, voyons, que ton oncle ne soit un honnête homme.

— C'est qu'il réclame le moulin de Roquemengarde ! En faudra-t-il, des billets de banque !...

— Tu exagères... En tout cas, nous prendrons des garanties sur ses meubles.

— Je l'entends bien ainsi.

— Si ce n'est pas pour lui que nous ouvrons le tiroir de notre buffet, que ce soit au moins pour ma nièce, cette jolie Peyrine qui est la fleur de la famille.

— Je ne dis pas... Pour elle, oui... Si nous intervenons, que ce soit pour elle !...

Guittou se frottait les mains doucement, avec la satisfaction d'avoir enfin conquis son fils à ses idées de bien et d'espérance. Au fond, il ne lui donnait pas tort. Jérôme était un gaspilleur, un mange-tout, pire à lui seul qu'un vol de sauterelles s'abattant sur un champ de blé. Mais Guittou professait l'amour jaloux de sa famille, l'orgueil de son nom. Son frère, en se traînant de commerce en commerce se déshonorerait, tout simplement. Et ce déshonneur n'atteindrait-il pas tôt ou tard, dans sa considération et sa prospérité, l'ancienne boutique de la rue Saint-Jean ?

Au milieu du pont, les deux Guittou s'accoudèrent au parapet quelques minutes, le temps de contempler le paysage familier. La rivière se déroulait en courbe insensible, son large lit brillant de la moire verte des eaux, de l'or des petites grèves de cailloux, entre des touffes de peupliers, de roseaux et de frênes. Au moulin de Castelnau, en amont, une digue coupait le courant qui, blanchissant d'écume, dévale en mille brisures, par bonds capricieux. Toute la plaine parlait par cette voix de la rivière où, sous les ombrages, l'ombre grise du soir s'accumulait déjà, avec des vapeurs de verdures aux lointains.

Des barque trempaient dans l'Hérault, attachées ainsi que des bêtes aux gros arbres du bord. Juste au-dessous de la digue, dans une crique oubliée par les remous, les Guittou distinguèrent le barquot de Patalocco, leur grand ami, un pêcheur qui ne se repose que rarement, même le dimanche. Ils eurent du plaisir à rencontrer dans la solitude ce frêle esquif, où parfois Patalocco les promenait pendant une heure, de la digue de Castelnau à la digue de Roquemengarde.

— Ton oncle Jérôme, dit Guittou, a toujours aimé la rivière. Peut-être, dans un moulin, le mauvais sort l'abandonnera.

— A condition qu'il ne se mette pas à pêcher, à voyager sur des barques.

— Nous ne lui achèterons pas de barque, té !... D'ailleurs, Peyrine sera là pour protéger son père contre les tentations de la paresse et de la dissipation.

— Ah ! cette Peyrine, on compte beaucoup sur elle !... Si nous la trouvons semblable à son père ?

— Je ne crois pas. Elle doit tenir de sa mère, qui était une des plus vaillantes lessiveuses de l'Écorchoir.

— Pas moins, il y a longtemps que nous ne l'avons pas revue. La reconnaîtrons-nous ? Ce serait drôle si elle nous arrivait mariée.

— Allons donc, nous en saurions quelque chose !...

— Par exemple, tu serais attrapé !... Tu sais bien que Jérôme a gardé vis-à-vis de nous un silence bourru, comme si nous avions contribué à ses détresses. Il ne nous a écrit que pour se plaindre... Et remarque que dans ses lettres il ne mentionne même pas une fois sa fille.

— C'est vrai.

— Vois-tu, il faut se méfier.

— Hé bé, si Peyrine est mariée, tant mieux ! Deux hommes valent mieux qu'un dans un moulin.

— Tu as raison, après tout... Ayons pitié des aveugles qui ne savent pas se conduire...

Les Guittou s'en retournèrent à Pézenas du même pas monotone.

II

LA GRANDE NOUVELLE

Les paroles des Guittou s'étaient sans doute dispersées à la brise, dans les chemins de l'Hérault. Car le lendemain, au lever du soleil, les anciens du quartier, en ouvrant leurs maisons, échangèrent la grande nouvelle : chacun voulait vite l'annoncer aux autres, et tous la connaissaient. Jérôme réintégrerait bientôt son Pézenas ! On reverrait donc de belles histoires, un train du diable au carnaval de l'année prochaine, des farces à n'en plus finir dans les cafés et les grangeots.

A peine Luc, ayant d'abord rabattu ses volets contre le mur, s'était-il installé auprès de son père à l'ouvrage, que les jardinières, leurs corbeilles de légumes sur la tête, s'arrêtèrent devant la boutique.

— Hé bé, on dit que Jérôme a fait la paix avec vous autres et qu'on pourra le saluer aujourd'hui?

— Oh! oh!

— Quoi! vous n'osez pas l'avouer?

— Les gens n'ont pas menti. Mais vous allez vite en besogne.

— Qu'est-ce donc qui empêcherait Jérôme de revenir cette semaine?...

Les bavardes, le corps raide sous le poids des corbeilles entassées, auraient résisté à toute sorte de fatigues, pourvu qu'on les eût renseignées sur le retour de Jérôme. Luc les rabroua brusquement, en remuant ses épaules :

— Voyons, quand finirez-vous ?... Que vous importe mon oncle?

— Voilà qu'il est toujours le même, ce Luc!... Tu ne viendras pas vieux, mon ami, tu te fais trop de mauvais sang.

— Je n'admets pas qu'on se moque des Guittou...

— Tu préfères que ce soit de ta bosse!... interrompit une grasse voix d'homme.

Et Patalocco se présenta. Bancal, tout tordu, le matelot écarta les femmes avec rudesse, puis, après avoir refermé la porte bruyante, se posa sur un escabeau.

— Patalocco! vociféraient les commères. Té! Patalocco qui n'a jamais pu se marier!

— Allez-vous-en, innocentes!... Allez-vous-en, ou je raconte devant le monde les fredaines que vous commettiez, quand vous étiez filles!...

Effarées, prises de peur et de honte, les commères déguerpirent ensemble vers la halle.

Patalocco, ce fameux pêcheur de Pézenas, était cordonnier autrefois. En ce temps-là, il était bâti en vrai travailleur de terre, grand et solide. Un jour d'orage, sa barque fut culbutée par-dessus la digue de Castelnau : il roula au fond d'un trou, d'où il ne sortit que par miracle, tout éreinté. S'il évita de mourir, il guérit en restant infirme, rapetissé, la jambe gauche démise en forme de croc, l'autre déjetée, tendue ainsi qu'une barre. Néanmoins, il courait, manœuvrait avec la même agilité qu'au temps de sa jeunesse. Coiffé d'un béret sombre, vêtu d'un pantalon bleu qu'assujettissait aux reins une ceinture écarlate, pour mieux ressembler aux matelots de la mer d'Agde, il portait un tricot de laine et s'en allait, hiver ou été, le cou nu, sans gilet, en veston déboutonné qui sentait la brise fraîche et les fleurs des berges. Sous le béret au pompon rouge, cette face d'écorce roussie, au nez robuste, aux lèvres poisseuses, aux favoris larges, avait la beauté du grand air, comme la face d'une bête.

Aujourd'hui, Patalocco, qui dès la mort de son père avait vendu sa boutique, ne vivait que du produit de la pêche.

Ce matin, par extraordinaire, au lieu de se rendre à son barquot, il était descendu auprès de ses amis de la rue Saint-Jean s'informer au sujet de Jérôme. Les mains aux poches, renversé avec assurance sur l'escabeau, il interrogea Guittou :

— Hé bé, tu prévois ma curiosité, pardi!... Est-ce vrai que tu vas placer Jérôme à Roquemengarde?

— Oh! ce n'est pas encore décidé.

— Le temps presse. Nous serons bientôt en avril. Deux mois après, c'est la moisson, l'époque où chaque meunier recherche sa clientèle... Vous avez aussi quelques réparations à entreprendre, l'installation de Jérôme à proclamer dans la contrée.

Guittou ricana tout bas, dans sa bonhomie, en tapant un morceau de cuir sur le bout de silex.

— Il me semble, Patalocco, que tu tiens à ce que Jérôme entre dans un moulin?

— Ma foi, oui, pourquoi le nier?... J'aurai là, sur la rivière, un vieux camarade chez qui m'abriter en cas d'orage... Cependant, ce n'est pas pour moi que je parle. Nous n'avons jamais été brouillés, nous autres. Hé bé, je jure qu'un moulin aura les meilleures chances de réussite, grâce à moi qui fréquente journellement les parages de l'eau. Si vous vous décidez, je parie d'alimenter Roquemengarde d'une clientèle de quatre semaines.

Luc, qui écoutait avec attention, s'arrêta de coudre son rapiéçage. Comme éclairé soudain par une bonne étoile dans la pénombre des murs chargés de leurs richesses, il se leva et dit :

— Au fait, Patalocco a raison.

Il s'avança vers la rue, désireux de voir du monde, ayant un goût de paresse et de badauderie. La ville déjà recommençait à s'animer. Les ménagères balayaient le devant de leur porte, des chiens fouillaient parmi les balayures, aux bords du ruisseau copieux qui traverse la rue. Les voisins arriveraient bientôt à la boutique, pour la causette de chaque matin. Ils ne manqueraient sûrement pas, aujourd'hui que tout Pézenas allait apprendre le retour du fameux Jérôme.

Patalocco s'était rapproché de Guittou. Celui-ci, pour mieux entendre ses confidences, négligea la besogne.

— Vois-tu, Guittou, je gagne à la pêche autant que toi à tes chaussures. J'ai deux mille francs de côté, je suis à mon aise.

— Tout de même, que Jérôme ne t'imite pas, au moins!

— N'aie pas peur, je serai là pour le surveiller.

Luc ne les écoutait plus. La rue lui donnait de la distraction : le ruisseau qui babille, les ménagères qui vont chercher quatre ou cinq sous de café dans les cabarets du Planol, les hirondelles récemment revenues qui piaillent sous les toits avant de partir en chasse vers les campagnes. Accoudé sur le mur de la devanture, il rêvait un peu, sa bosse refluant pour protéger sa tête, une bonne tête couleur de cire aux yeux fureteurs, aux lèvres d'enfant qu'il frottait de ses mains noueuses marquées des cicatrices du tranchet.

Brusquement, il laissa tomber sur le mur ses mains sonores comme des pieds, en s'écriant :

— Hé, les voici, parbleu!...

C'étaient les voisins, des amuseurs qui tout le jour taquinent les passants, au hasard des paroles. Voici Campal, le coiffeur, un freluquet maigriot, d'une vivacité de rat; Boipau, le boulanger, un fainéant, gras et bonasse, promenant ses bras nus enduits de farine et son tablier de toile que la pelle du four avait brûlé.

Avant qu'ils eussent ouvert la bouche, Luc les interpella :

— Hé bé, vous savez la nouvelle?

— Saint Jérôme qui nous retourne, répondit Campal.

Pendant que Boipau s'esclaffait, Luc reprit, persuadé qu'une telle certitude plairait à son père :

— Jérôme avant huit jours sera installé au domaine de Roquemengarde.

— Tant mieux!... s'écria Campal. Nous irons y dîner sur l'herbe, en été. Té! justement, voici Santou sur son âne!... Il nous apprendra du nouveau peut-être...

Santou, en effet, apparaissait là-bas, monté sur Jacquounel. Il entrait tranquillement dans sa ville, ainsi qu'un roi, par l'antique porte Saint-Jean, une voûte intacte des remparts d'autrefois, au-dessus de laquelle deux maisons noires montraient jusqu'aux tuiles des petites fenêtres profondes, découpées en croix par des briques. Santou dodelinait du corps et de la tête, balançant ses pieds nus chaussés d'espadrilles, appointant à droite et à gauche ses yeux ahuris qui semblaient de la braise, brûlés qu'ils étaient chaque jour par la flamme du soleil et la réverbération du sol.

Santou était l'homme, la chose du moulin de Roquemengarde. Il en faisait partie au même titre que les perchoirs du poulailler ou l'auge de l'abreuvoir scellée à la façade, près de la grande porte d'entrée. En outre, il constituait une des gloires de Pézenas. On se moquait de lui, car l'innocent ne comprenait guère les plaisanteries dont on le persécutait et dont il riait autant que les autres. Mais Pézenas avait besoin de Santou, pour rire de temps en temps. Santou par-ci, Santou par-là, dans les fêtes et les foires, et chaque samedi sur le marché des trois-six où chacun l'invitait à boire. Grisonnant déjà, vieux peut-être, aussi vigoureux qu'une souche de vigne d'avant le phylloxera, il racontait, quand il avait bu, ses projets de fortune : manger et mourir à Roquemengarde. Le pauvre, sans initiative, toujours soumis aux besognes d'apprenti, n'appréciait guère l'argent, en connaissait à peine le goût. Où donc aurait-il subsisté, sinon dans ce moulin où sa mère l'avait loué à l'âge de douze ans ? M. Gourdon, le propriétaire du domaine, laissait, en l'absence de meunier, Santou à la garde de l'immeuble et de son morceau de rivière.

Mais voici que la rumeur publique avait, dès l'aube, apporté jusqu'au bout de la plaine la nouvelle de l'entrée de Jérôme à Roquemengarde. Santou, tout de suite, avait pris peur, s'imaginant que ce fanfaron de Jérôme allait venir bouleverser la terre. Pour la première fois de sa vie, il songea à sa destinée.

Alors, dare-dare, oubliant de manger, Santou avait enfilé le chemin de la rue Saint-Jean.

Il arrivait sans hâte, au pas indolent de Jacquounel. Le nez en l'air, la bouche béante, il épiait à droite et à gauche, surpris que toute la rue en émoi ne parlât point de

Jérôme.

— Ouais, Santou !... clamaient les boutiquiers accourus sur leurs portes. Santou, adieu !...

Santou, loin de se troubler, s'avança de son pas ballant, et Luc lui ayant ouvert la porte, il pénétra chez les cordonniers, se campa auprès du maître, parmi les lambeaux de cuir, tandis que Jacquounel, au dehors, se rangeait sagement contre le mur et ne bougeait plus, les paupières mi-closes.

Santou n'ôtait même pas sa bonnette. Il regarda ingénument tous ces messieurs de la ville qui ne l'éblouissaient pas, et dit :

— Guittou, je viens te poser une question.

— Pose.

— Est-ce vrai que Jérôme doit s'installer à Roquemengarde ?

— C'est vrai... A moins que M. Gourdon n'aime pas l'odeur de mes écus.

— Oh ! si ce n'est que ça !... Ni M. Gourdon, ni personne, n'a le droit de refuser l'argent des Guittou...

Les paroles du valet, sorties sans flatterie de son cœur d'enfant, firent de l'émotion. On ne sut que dire un moment.

— Tout de même, dit-il, j'ai peur.

— Pourquoi ?

— Ton frère est plus violent que l'eau qui déborde. Il ne voudra pas de moi.

— Rassure-toi... Jérôme te gardera. Si quelquefois il prend des colères, laisse passer l'orage et pense à moi... Tu ne risques rien.

Le cordonnier, revenu à sa place, ressaisit son marteau et son bout de silex. Santou, charmé par cette réponse honnête, souriait à tous les visages, en une sensation heureuse et fraîche, comme lorsque, en pénétrant dans la rivière, son corps frissonnait des caresses de l'eau.

— Ah ! dit-il. Je pourrai dormir maintenant...

Il sortit. Au moment de refermer la porte, il mit ses mains sur sa poitrine et dit :

— Si vous m'aviez chassé, j'aurais préféré me noyer dans le gouffre du chenal plutôt que de commencer, à mon âge, une vie de vagabond... Les vagabonds !... Ah ! ils ont peur de moi, rien qu'en m'apercevant. Le moulin, avec moi, est bien gardé, je le jure. Peut-être, qui sait ? Dieu permettra qu'il soit possible à un homme de rien d'être utile à des bourgeois tels que vous !...

Guittou, interloqué, se pencha sur son silex, et, tout en tapotant le morceau de cuir à petits coups éperdus qui atteignaient parfois ses doigts ou ses genoux, il balbutia :

— Ne te trouble pas, mon brave... Va, personne n'a jamais eu à se plaindre des Guittou.

Santou s'éloigna à pas lourdauds, avec l'appréhension de n'avoir pas assez remercié. Patalocco, dont les souliers ferrés faisaient à chaque mouvement un éclat de chute sur les carreaux, le suivit, car il ne s'oubliait pas, lui non plus. Cette question de l'oncle Jérôme le préoccupait beaucoup, à cause d'une rivalité possible sur la rivière.

Santou se coucha à plat ventre sur le bât de Jacquounel, puis, haletant, s'établit à cheval, les jambes pendantes, le bâton levé. Déjà il sifflait pour le départ, lorsque Patalocco, sautillant derrière lui, l'interrogea :

— As-tu bien vérifié mes filets ce matin, sous le pont de Montagnac ?

— Ma foi, non.

— Quelle tête de Jacquounel tu as !

— Tu comprends, je n'ai songé qu'à moi ce matin.

A cette belle franchise, Boipau et Campal s'esclaffèrent ensemble. Même, on entendit, au milieu du tapage encore faible de leurs marteaux, grasseyer les cordonniers dans leur boutique.

Mais Patalocco, doucement, s'appuyait contre les jambes de Santou, et d'un ton fraternel ajoutait :

— Pourrai-je au moins toujours compter sur toi pour surveiller ma pêche et mon barquot ?

— Il me semble.

— Tu sais, je suis un ami intime des Guittou.

— C'est que je serai le serviteur de Jérôme. Il ne plaisante pas, celui-là... Tu ne pourras peut-être plus revenir au moulin remiser tes engins, manger, boire, passer des nuits à dormir.

Campal et Boipau s'approchèrent. On n'entendait plus les marteaux des Guittou. Patalocco, prudent, coupa net l'entretien.

— Allons, va-t'en !... Ah ! quel ennui que tu changes si souvent de maître !...

— Ce n'est pas ma faute.

Et le valet, sans se préoccuper des airs pitoyables de Patalocco, s'adressa à Jacquounel :

— Allez, mon enfant, retournons à la maison.

Jacquounel, tout le long du ruisseau qui

miroitait de ciel bleu, descendit la rue, sur les pavés glissants. On les regardait partir avec amour.

Bientôt ils disparurent sous la porte Saint-Jean. On ne vit plus le bâton de Santou qui s'agitait, dans les secousses du trot, pareil au mât d'une petite barque.

III

LE VOISINAGE

Huit jours après, Jérôme devait avec les siens s'installer à Roquemengarde. M. Gourdon avait bien vite, trop vite, conclu l'affaire. Il ne redoutait pas le diable, ce riche. Dans la rue Saint-Jean, on interrogeait les Guittou sur l'installation de Jérôme. Ceux-ci ne bavardaient guère. Pourquoi, cependant, le quartier ignorerait-il combien d'argent ils avaient donné pour les six premiers mois de location ? N'insinuait-on pas qu'ils n'avaient pas eu assez d'économies et que Patalocco leur avait consenti un emprunt ? Patalocco, oui, ce serré, ce grigou, qui vivait en cachette, dans des trous, à la manière des anguilles ! A cette occasion, les boutiquiers apprirent, non sans envie, que ce rôdeur de l'Hérault avait dans quelques années mis deux mille francs de côté. Quelle honte ! Patalocco trouvait moyen, sans payer patente, de récolter des bénéfices dans un métier de fainéant. Les Guittou, en acceptant ses avances, avaient donc commis une maladresse et une faute. Ils l'encourageaient dans sa fortune bizarre ; de par leur réputation de probité et de sagesse, ils consacraient son commerce. Et puis, surtout, n'avaient-ils pas infligé un affront à tout le quartier en s'adressant à Patalocco, au lieu de s'adresser à Durante ? Durante, depuis quarante ans, prêtait sans usure des sommes parfois rondelettes, pourvu que les emprunteurs fussent du voisinage et d'une respectabilité confirmée par deux ou trois générations...

Seulement, voilà : le quartier aurait bien voulu savoir au moins les détails de l'installation de Jérôme : s'il réparerait le moulin à neuf, s'il achèterait des vaches, s'il apportait des meubles, s'il amenait Peyrine et s'il l'avait mariée.

Cette après-midi, devant son magasin de coiffure, dans l'espèce de quadrilatère formé par deux encoignures profondes qui élargissent brusquement la rue et lui donnent un air de placette, surtout au coin des deux magasins des Garrigues disposés à angle droit, Rosette, la femme de Campal, une gaillarde aussi grosse qu'une barrique, menait à elle seule le train des commérages.

D'ailleurs, elle ne perdait pas son temps. Elle lavait sa lessive à même le ruisseau, dans trois baquets : une lessive de coiffeur, des serviettes par douzaines, tout le linge du samedi et du dimanche, qu'elle entassait sur des bancs, contre le mur, après l'avoir savonné, pétri, trempé dans le courant rapide, tordu de ses bras nus de foraine. Agenouillée sur le pavé, laborieuse et propre, elle clamait :

— Alors, les Guittou qu'on disait qu'ils envoyaient leur fortune jusque dans la Chine, ils ne sont pas plus avancés que nous !

— Oh ! vous autres ! répliqua Fabarote, le peintre. Vous autres, les Campal, jeunes sournois sans enfants, vous possédez de quoi, on le sait bien !...

— Té ! tu es bien fort, toi qui n'a pas plus d'enfants que nous !... Et, dis, tu as compté notre caisse ?...

— Pas besoin. Nous vivons porte à porte. On voit ce que vous gagnez et ce que vous dépensez.

Les voisins, dont le nombre croissait : Boipau en tablier de toile, Soulayrol en bras de chemise ; Agnès, la bonne des Garrigues, tous les voisins finissaient par écouter les propos de Rosette. Celle-ci, provoquée, s'enhardit davantage :

— Hé bé, je ne dis pas non !... Seulement, si nous avions besoin d'argent, nous n'irions pas en emprunter, nous vendrions nos parures et nous nous serrerions la courroie du pantalon.

— Vous auriez tort, répondit Agnès avec sa grande bouche qui s'ouvrait toute carrée sur des dents jaunes.

— Pourquoi aurions-nous tort ?

— Parce que les honnêtes gens trouvent toujours des banquiers... Pas vrai, Durante ?

Durante s'avançait. D'une voix éraillée par des bavardages de près de soixante ans, elle répliqua :

— Je crois qu'on ne refuserait pas plus à Campal qu'aux autres camarades.

— Vous avez raison, dit Rosette, apaisée un moment par la flatterie des deux femmes.

Agnès s'esquiva dans sa maison, où les Garrigues la grondaient régulièrement d'entamer des discussions au milieu de la rue. Durante s'enferma, acagnardée sur sa chaise, dans l'énorme niche qu'encadraient les murs des volets et la porte vitrée du magasin.

Il y eut une accalmie. Fabarote, dont la casquette abritait jusqu'au petit nez aplati; Boipau, la figure tachée de la pâte rousse du four; Soulayrol, la moustache poudrée du sucre de sa pâtisserie, s'assirent l'un après l'autre sur le banc que Fabarote plaçait chaque matin contre le mur, entre son magasin de vitrerie et le salon de coiffure des Campal. Tous les trois fumaient un cigare d'un sou, les bras croisés, humant les odeurs de boutique et de cuisine, digérant leur dîner à la fraîcheur du ruisseau qui chante en faisant des glouglous de bouteille.

— Moi ! reprit Rosette, qui se tournait vers la boutique des cordonniers, là-haut, à l'ombre de l'église. Moi, je n'y comprends rien !...

— Qu'est-ce que ça peut te faire ? riposta Soulayrol.

— Quoi ! accorderiez-vous du crédit à Jérôme, vous, monsieur Soulayrol, un homme de votre condition, dont la pâtisserie est connue depuis votre papète dans le département !...

— Je ne suis pas en cause...

— Rosette, fit à son tour Boipau, on voit que ton mari est allé au château de Panpan raser M. Gourdon. Tu en profites pour pérorer.

— Crois-tu que je me gêne devant mon mari ?

— Ta langue te portera préjudice.

— Préjudice !... A moi !... Quel mal je fais ?... Pourquoi ?... Parce que j'attaque les Guittou ? Les intérêts de mon mari sont les miens, je pense ?...

— Des intérêts !... des intérêts !...

Boipau, à la fin, s'irritait des commérages de Rosette. A chaque dispute à propos d'argent, la Campal avançait le nom de Durante, ce généreux banquier. Mais Durante, après tout, ne tirait pas ses richesses d'un trou inépuisable ! Ne fallait-il pas, en conscience, la défendre contre les élans de son cœur ? Et Boipau, qui, ne se souvenant plus de sa femme depuis si longtemps, qu'il l'avait perdue, convoitait la vieille fille en mariage, s'octroyait déjà le privilège de veiller sur sa fortune.

Certes, Durante comprenait les prévenances du boulanger. Pourtant, elle hésitait toujours à accepter franchement ses tentatives, parce qu'elle avait peur des hommes. En outre, elle aimait tant la paix de sa maison, ses aises et ses manies !... Personne, dans la rue, ne soufflait mot des relations timides de Durante et de Boipau. Seulement, on les épiait en s'amusant, avec des airs d'innocence. Qui donc eût osé se moquer de Durante ? Les plus cossus, les plus sûrs d'eux-mêmes, tels que les Garrigues, n'avaient-ils pas, un jour de malheur, imploré son assistance ? Quant à ce fainéant de Boipau, si on le respectait, c'était à cause de la riche demoiselle.

Et le maladroit tout d'un coup taquinait Rosette.

Soulayrol et Fabarote suçaient leurs cigares tranquillement, du moins en apparence. Car, au fond, ils tremblaient qu'une querelle ne contrariât la sérénité de l'après-midi. Rosette, ses bras dans l'eau, s'emportait contre la lessive, criait, montrait son visage ardent dans la ruche blanche du bonnet.

— Ah ! oui, laisse-moi, té !... D'abord, on ne doit pas prêter de l'argent à Jérôme ! Il va venir déranger tous nos hommes !...

— Ah ! ah ! Rosette est jalouse !...

— Non, je ne suis pas jalouse !... Tout de même, c'est malheureux pour ceux qui ont la maladie de cultiver l'argent, ils ne savent pas le garder, ils le donnent aux autres... Tandis que l'argent, placé sur des terres, rapporte le dix et le quinze pour cent, il ne rapporte rien du tout quand on le prête aux amis...

— Allons, Rosette, tais-toi !... interrompit Durante qui frissonnait de plaisir.

Rosette ne voulait néanmoins offenser personne. Elle continua de plus belle, en soulevant un torchon blanc de savonnade :

— Pardi ! L'argent, quand on le prête aux amis, c'est une œuvre qui vous fait bénir du bon Dieu ! Et puis, dans le commerce, il porte ses fruits, il fait travailler, il nourrit du monde !... Mais Jérôme ! Il va venir ici allumer des carnavals toute l'année, et gare à nos écus !...

— Allons, la jalouse !... ricanèrent les trois compères sur leur banc.

— Moi, jalouse ?... Par exemple, non ! J'aime mieux une tranche de bœuf que le baiser d'un homme... C'est pour mes écus que je m'épouvante...

— Ah ! ah ! si Campal t'entendait, il ne serait pas content.

Les compères riaient aux éclats, Durante

aussi, et même Rosette qui martelait son linge à coups de battoir, le tordait à grands efforts de ses poignets rouges. N'osant plus alimenter le bavardage, elle se mit à siffler, dans sa passion de faire du bruit et d'en entendre.

Les trois compères, bras croisés, fumaient leurs cigares. Leur patience exaspérait Rosette.

Agnès se rapprocha lentement, au pas précautionneux de ses pantoufles, pendant qu'une charrette de fourrage remplissait la rue de sa clarté de verdure et de son odeur de terre en fermentation. La charrette, avec sa haute charge de ballots mal liés, s'en allait en titubant, lente et craintive, entre les maisons resserrées dont elle rayait les devantures et menaçait les grandes glaces et les balcons.

Bientôt la placette fut vide. Agnès put s'avancer vers le ruisseau. Rosette, à son occasion, hocha la tête.

— Té! cria-t-elle. Je parie que vous savez, tous, le chiffre que les Guittou ont emprunté à Patalocco, et que vous ne voulez pas le dire.

— Moi, d'abord, je ne sais rien, répondit Agnès.

— Cachottiers!... Hé bé, alors, quelle somme croyez-vous?

— Ma foi!...

Les trois boutiquiers cherchèrent une minute, les yeux au ciel. Ensuite ils haussèrent les épaules.

— Il faudrait savoir, répondit Rosette. Vous n'avez donc pas d'ambition? ça ne vous humilie pas que les autres vous dépassent?

— Oh! moi, fit Soulayrol, pourvu que je vende bien mes gâteaux!...

— Et moi, mon pain...

— Et moi, ma peinture et mes vitres...

— Vous avez le cœur mou!

D'un coup, pour prouver qu'entre ses mains elle saurait dompter la volonté de n'importe quel homme, la Campal empoigna trois serviettes à la fois, les plongea dans le courant, les pressura sur sa planche, puis d'un geste indigné les étendit, toutes blanches de lumière, à sécher sur le banc.

Rosette, pourtant, n'avait pas plus de méchanceté que ses camarades.

Les braves gens!... Il leur faut cette vie du dehors, l'exubérance des paroles au hasard, l'agrément du soleil sur les pavés et sur les façades, le bruit monotone du ruisseau, des rires, du vent, qui distrait la pensée et les yeux. La maison est pour eux le nid que l'oiseau quitte, dès que le jour s'éveille à l'horizon. Ils retrouvent toute leur âme au seuil des magasins, se reconnaissent eux-mêmes au bord du ruisseau commun, portés tout de suite vers la joie simple d'être, rêvant au travail, bornant, avec une mélancolie très douce, leur émotion de nature et d'infini au morceau de rue où ils sont nés. Pour eux, toutes les maisons sont familières et doivent se montrer à ciel ouvert, comme la campagne. Il leur semble une folie bizarre, une honte presque, qu'une d'elles ferme sa porte.

— Pauvres Guittou! gémit Rosette, fatiguée de s'inquiéter en vain. Il leur arrivera malheur!... Ils s'aventurent trop.

Fabarote, Boipau et Soulayrol, qui voulaient faire les forts, hochèrent la tête, en poussant un soupir.

Mais Fabarote laissa tomber le bout de son cigare : il profita de l'accident pour rentrer nettoyer ses pinceaux. Les camarades, par imitation, se levèrent.

D'ailleurs, deux heures sonnaient au clocher de la paroisse. C'était la reprise du travail dans les magasins et les ateliers, la reprise du petit travail et de la sieste. Chacun rentra chez soi. Durante, avant de s'enfermer, aperçut Boipau, qui, de la fenêtre de sa chambre, par les volets entr'ouverts, l'épiait fixement.

On n'entendit dans le quartier bienheureux que la voix de l'eau éternelle, et, là-bas, les marteaux et les tenailles des Guittou, et, plus loin, partout, une légère rumeur de village que troublaient à fréquents intervalles les battements du battoir de Rosette, dont les bras infatigables manœuvraient comme des roues de moulin.

IV

LE MOULIN DE ROQUEMENGARDE

La maison de Roquemengarde avait de la majesté, sous le teint de bronze que l'âge lui donnait. On l'apercevait de tous les coins de la plaine.

Le toit s'abaissait en deux raides versants, tapissés de mousse et de fleurettes. Du lierre, de la vigne vierge, des chèvrefeuilles s'accrochaient aux pierres dentelées par l'usure, au cadre des portes et des fenêtres, ornant la séculaire demeure, ainsi que des voiles et des bouquets enguirlandent le costume de fête d'une paysanne. Le feuillage des arbres frissonnait très haut sur son front, l'enveloppait toute d'une verte nuée transparente et mouillée de soleil.

Au milieu de la façade, on accédait, par des marches çà et là élimées, à la salle commune, la cuisine que meublaient une table d'auberge, des buffets plus spacieux que des lits, une armoire aux ferrures ouvragées. La cheminée s'exhaussait en un foyer si ample qu'un bœuf y aurait tenu.

A gauche de la cuisine, il y avait l'écurie, assez profonde pour une vingtaine de bêtes, les ânes et les mules des paysans qui charriaient leurs moissons au moulin. Ensuite, un hangar, et un pré surélevé jusqu'à mi-étage. Au fond de l'écurie, Jacquounel avait sa place réservée : tandis qu'il dormait sur la litière, Santou dormait juste au-dessus, sur un plancher, où des peaux de mouton formaient la couchette.

Le poulailler, à droite de la cuisine, s'appuyait au véritable moulin, lequel, plongeant dans la rivière, composait un logis distinct, dont la toiture atteignait à peine le plancher des chambres et du grenier.

Une sorte de rempart protégeait la cour vaste des assauts de la rivière, depuis le poulailler jusqu'à une masse de chênes et de roseaux, d'où, par une issue furtive, descendait un escalier tant bien que mal pratiqué dans le sol humide et caillouteux.

Deux torrents tourbillonnaient sous les voûtes du moulin, puis se réunissaient en un long chenal, après un quai si abondant que le meunier y roulait aisément ses sacs de farine. Sur la toiture, on voyait le clocheton d'un colombier. Et le moulin, dans l'eau active et bavarde, flottait comme un rocher doré.

Jérôme allait régner en souverain dans cette maison, où la foudre était tombée deux fois sans la détruire.

Dans la cour, des platanes et des chênes, un mûrier, leur ancêtre, assemblaient leurs ombrages jusqu'au pré, même après le chemin bas, jusqu'aux vignes. C'était la solitude avenante et jeune. Là-haut, en amont, il y avait bien la grande route nationale, mais une route qui, de compagnie avec le chemin de fer, marche à travers la plaine sur un viaduc dont les parapets ne laissent voir que le sommet des charrettes et le toit des wagons.

Jérôme était arrivé de Clermont à midi, sur une charrette pleine de malles et de meubles. A l'émotion de revoir son pays, il éprouvait la joie d'un renouveau, se souvenait de ses jours d'enfance vagabonde. Seulement, il cachait son plaisir. Dur et terrible, il s'attachait encore, par fatuité, à le paraître. Les bras nus, la chemise ouverte sur la poitrine, il agitait sa tête gauloise roussie par les vents et le soleil, ses cheveux drus ruisselants de sueur qu'il épongeait brusquement.

Peyrine était ravie. Ici, loin de la ville, loin des fréquentations mauvaises, son père s'amenderait par le travail. Une vie nouvelle allait commencer. Bien que fatiguée par ce long voyage en charrette, elle souriait en besognant. Le plaisir se peignait sur son visage rose, si charmant, malgré le désordre des cheveux noirs qui miroitaient comme des verdures, par la grâce des dents intactes dans la bouchette ronde, des yeux noirs qui parfois brillaient d'impatience.

Robuste et laborieuse, elle roulait des malles, aidait à transporter des meubles. Même elle enseignait Claude, son mari ; elle lui donnait des ordres. Celui-ci montrait tant de dévouement que, si parfois il se trompait, on avait plutôt envie de rire que de se fâcher.

Claude ne séduisait guère par sa personne : grand et maigre, les épaules penchées dans une rêverie, il avait en ses yeux pâles, sur son long visage aux cheveux roux, tant de placidité souriante qu'on ressentait auprès de lui une douce tendresse. N'avait-il pas épousé Peyrine uniquement par amour, sans demander si elle pouvait avoir, du côté des Guittou, l'espérance d'une dot ou d'un héritage ?...

Parfois, au milieu du travail, il s'interrompait pour regarder Peyrine : et, du fond de son âme, il songeait à l'histoire de leur mariage, qui lui paraissait divine.

Les parents de Claude, à Clermont, tenaient l'auberge où Peyrine et Jérôme avaient vécu cette dernière année. Ceux-ci payaient tout juste partout où ils passaient. Par pitié de la demoiselle, on ne les renvoya pas de l'auberge. Et Claude, qui ne fréquentait ni bals ni promenades, ne se plaisait que dans la campagne, où, d'un cœur épris du silence, il contemplait avec admiration les choses, la terre verte et, rouge, le ciel bleu dans la lumière, les étoiles dans la nuit, Claude, un beau jour, sur les bords de l'Hérault qui baigne aussi les vignes de Clermont, crut voir Peyrine auprès de lui, une seconde de miracle. Après souper, les soirs qu'il faisait doux, il la retrouvait devant sa porte. Peu à peu, il regarda plus hardiment cette fille jolie et pensive; elle flatta son goût de beauté, comme les étoiles dans la nuit. Il eut le frisson de la vie qui se donne.

Un dimanche, il se rendit à l'église avec Peyrine. Dès lors, ce fut chaque dimanche. Ensuite, ils s'isolèrent tous deux, l'après-midi, sur les routes qui s'égarent vers l'Hérault, derrière l'auberge. Les parents de Claude se gardaient bien de le gronder, satisfaits au contraire qu'il se déniaisât. Car ils s'imaginaient que leur Claude, qui se reposait dans les coins pour rêver, avait une âme d'enfant et languissait sur la terre.

Sans qu'il le demandât, Peyrine, un dimanche, lui parla de son père, lui avoua ses craintes de tomber à l'improviste dans la ruine et l'abandon. Claude compatit à ses malheurs et souhaita de pouvoir l'aider.

Ils revenaient de leurs promenades par des routes chaque fois nouvelles, la main dans la main : Jérôme, assis devant la porte de l'auberge, les considérait avec étonnement. Se serait-on figuré, à Pézenas, qu'un jeune homme pourvu d'argent pût accepter une fille pauvre?

C'est Claude qui, le premier, eut l'idée du mariage. Ses parents ne surent point lui refuser. D'ailleurs, Claude deviendrait un homme pareil aux autres, vaillant et dégourdi. Les soucis et les joies d'un foyer l'empêcheraient de succomber au mal de ses rêves.

Dès le mariage, Jérôme conçut de l'orgueil. Dans un beau mouvement de dignité, il s'adressa à son frère aîné de Pézenas. Il lui expliqua ses intentions très fermes de labeur et de sagesse, et sans lui confier le mariage de Peyrine, ajouta que celle-ci, déjà femme accomplie, réclamait un foyer. Guittou d'abord se fit prier, résista jusqu'à la conférence de ce dimanche, où Luc finit par se rendre, lui aussi, aux prières de son oncle. Alors, seulement, après l'acceptation définitive des cordonniers de la rue Saint-Jean, Jérôme annonça le mariage de Peyrine, contracté depuis trois semaines, et Guittou consentit à louer, au nom de son cadet, le moulin de Roquemengarde.

V

UN PREMIER ACTE D'AUTORITÉ

Santou était là, couché dans l'herbe du pré, à l'abri d'une haie d'aubépines qui le cachait complètement. Il assistait, sans bouger, au remue-ménage de ce monde. A la voix de Jérôme, chaque fois, la peur lui tournait les entrailles. Si parfois il se penchait hors de sa cachette, c'était pour observer Peyrine, que sûrement personne à Pézenas ne reconnaîtrait plus, tant elle était devenue une femme forte, de la taille de son père, le sein bien garni, la figure brune et pleine comme une rose, des yeux noirs jolis comme des fleurs dans l'eau. Il comprit que ce jeune homme inconnu était son époux, mais il eut de la peine à se convaincre que Jérôme eût accepté un garçon placide et lent, qui paraissait bon à chantonner tout le jour en cousant des vestes et non à faire marcher les rouages d'un moulin.

Santou se tenait là, les mains aux genoux, espérant qu'on viendrait le surprendre, très étonné déjà qu'on ne l'eût pas appelé.

Claude, en cherchant un balai, butta contre les sabots de Santou. Effaré devant cet homme immobile dont les yeux ronds clignotaient sous la bonnette, il recula.

— Oh ! qui êtes-vous ?

— Je suis Santou, je suis d'ici... Moi et Jacquounel...

Santou se releva, balourd, frappa rudement de ses sabots le sol de son moulin, de sa patrie.

— Jacquounel... Votre frère?

— Non, mon âne, l'âne du moulin.

A la gravité du rustre, qui sans doute pesait les idées, Claude eut envie de rire. Néanmoins, pour éviter de l'offenser, il feignit de comprendre.

— Vous avez peur que Jérôme vous gronde?

— Oui... Jérôme... Ah ! c'est que je le connais !

Claude haussa les épaules, ne sachant que répondre, voyant bien que le rustre était noué à cette terre comme un arbre. La pitié lui venait, une sorte de tendresse.

— Vous verrez, reprit Santou qui agitait son bâton, je coûte si peu !... aussi peu que Jacquounel... Nous portons la chance tous les deux, sauf quand les meuniers ne sont pas sages.

Claude, à ces mots, frissonna, se souvenant des appréhensions de Peyrine au sujet de son père. Et avec de la mélancolie au milieu du paysage nouveau qui désorientait son être, il regarda patiemment ce pauvre, le sentit utile et sûr comme les marches du seuil auxquelles, sans le savoir, le cœur même s'attache.

Santou s'était approché davantage. Devant le silence du jeune homme, il eut à son tour la force d'interroger :

— Les Guittou de Pézenas ne vous ont pas parlé de moi ?

— Non, dans aucune lettre.

— Ah ! mon Dieu, je suis perdu !...

Cependant, Claude était descendu dans la cour. Il allait ouvrir le portail de l'écurie, lorsqu'il entendit les pas de Peyrine. Santou les entendit aussi : et il sortit de la haie, offrant ses mains à la jeune femme, lui souriant de ses lèvres rugueuses comme ses doigts.

— Peyrine !... C'est donc vous ?

— Ah ! té ! Santou !... On n'avait pas pensé à lui, c'est vrai... Je te reconnais bien. Tu me semblais si vieux quand j'étais jeune !

Jérôme en cet instant appelait ses enfants. Santou aussitôt enfonça sa bonnette jusqu'aux oreilles et dare-dare se recoucha derrière la haie. Mais Jérôme l'avait aperçu. Il s'avançait rapide, en balançant les bras, criant :

— Ouais ! tu n'es donc pas mort ! Sors de ton trou !...

Le valet obéit. Il se montra lentement, les mains jointes au bout de son bâton.

— Bonjour, Jérôme. Ton frère ne t'a pas parlé de moi ?... Dis, est-ce que tu voudrais que je m'en aille, Jérôme ?

— Certainement ! Nous n'avons pas besoin de toi. Tu te souviens de nos querelles, pardi ! Je gardais le moulin quand tu venais pêcher dans nos eaux, malgré la défense de mon maître. Je faisais mon devoir.

— Ah ! ah ! Santou !... Grand fainéant !...

L'humilité du pauvre ne touchait guère Jérôme. Il allait le chasser à coups de poing, lorsque Peyrine s'interposa, en ménagère souveraine, d'un ton plein d'assurance :

— Allons, Santou, c'est pour nous maintenant que tu feras ton devoir.

Sans attendre une réplique, la brave meunière s'en retourna. Ensuite, ayant trouvé le balai dans l'écurie, elle entraîna Claude à la maison.

Jérôme, dans la cour, demeurait bouche bée, confondu par la hardiesse de sa fille, si interloqué qu'il n'eut pas tout de suite le courage de faire son potentat. Seulement, il épiait Santou en grognant, avec menace, et le mauvais sang de l'orgueil et de la rancune lui montait à la tête.

Dès que les jeunes époux eurent disparu, il se sentit libre. Brutal, il tressaillit :

— Santou !... Me crois-tu le maître, oui ou non ?

— Hé !... Que veux-tu ?... Oh ! pourquoi tu me fais toujours les gros yeux ?

— Je vais te l'apprendre !... Lève-toi et va-t'en !...

Le valet, hagard, observa la terre alentour, comme si tout à coup elle se fût dérobée, dans un trouble.

Jérôme l'agrippa aux épaules, d'un élan le rejeta dans la cour, ensuite vers le chemin. Il devenait plus méchant et plus lâche, dans l'excitation de ses bravades. L'autre, épuisé de douleur, ne sachant pas se défendre, titubait près du tas de fumier, gémissait :

— Hé bé, je pars... Ton moulin de Roquemengarde ira mal sans moi, je te le dis.

— Tu es donc un sorcier ?

A ce mot, Santou frémit d'épouvante. Puis, les sabots claquant, il déguerpit à la course par le chemin du verger qui dévale au chemin creux, sous des vignes

VI

LES DEUX FRÈRES

Le chemin creux, une sorte de ravin, continue pendant deux kilomètres jusqu'à la grand'route qui, par le faubourg Saint-Christol, monte à la ville. Santou arrivait déjà sous le pont du chemin de fer, lorsqu'il aperçut un homme venant du faubourg. Seulement, dans son désarroi, il ne reconnut pas le cordonnier de la rue Saint-Jean.

Celui-ci, au contraire, alarmé aussitôt, pressentit quelque sottise de Jérôme. Il arrêta net Santou au passage :

— Hé bé donc, où tu vas ?

— Té, par exemple, j'allais juste chez vous autres. Jérôme ne tient pas ses promesses, il refuse de me garder.

— Il est fou !...

Guittou tremblait de la tête aux pieds. Il souffla, fit une grimace en réfléchissant et dit :

— Jérôme est fou... Mais écoute : j'ai oublié

une paire de souliers dans ma boutique. C'est mon cadeau à ma nièce. Va-t'en, Luc te les remettra... Tu viendras me les rapporter au moulin, parbleu !... A bientôt !

Chacun repartit de son côté.

Après quelques pas, Guittou rappela le domestique :

— Ouais !... Sais-tu, ne raconte à personne que Jérôme t'a chassé.

Santou, étonné de cette mesure de prudence, lui qui ne savait pas mentir, remua la tête d'un air docile et s'éloigna.

Le cordonnier s'empressait vers Roquemengarde : A cette heure tardive de matinée, il y avait beaucoup de monde dans les champs. Ici, on terminait le dernier labeur de l'année ; là, on sulfatait les vignes.

Les terres, depuis l'hiver, promettaient de belles récoltes, si la gelée, la grêle ou les orages ne venaient pas les contrarier. C'était toujours le même ciel bleu, limpide comme une source dans les rochers.

Guittou ne prêtait guère attention aux vignes ni aux luzernes. Ce qui l'intéressait uniquement, c'était le blé, les carrés d'épis montant dru, balancés sous la brise, les champs uniformes émaillés de coquelicots où des guêpes voletaient pour boire le miel. Guittou déplorait qu'après l'invasion du phylloxera, tant de vignes américaines eussent remplacé des champs de blé, autrefois si nombreux.

Ces richesses de la moisson passeraient par le moulin avant de se disperser aux fours des boulangeries. Guittou prédisait de beaux jours à Roquemengarde. Même dans la joie de son cœur et de ses yeux, il oubliait son impatience de revoir Peyrine, son ennui de gourmander Jérôme.

Le toit roux et verdissant de Roquemengarde émergea parmi les futaies. Guittou, en l'apercevant, fut suffoqué d'émotion. Il allait donc revoir son frère et l'entendre. Le retrouverait-il changé après une aussi longue séparation ? Et Peyrine, serait-elle assez bien douée pour gouverner une maison et séduire le monde de la clientèle ? Et le jeune époux, n'était-ce point, par hasard, un bayeur aux corneilles de l'espèce de Jérôme ? En tout cas, on avait mis Santou à la porte : les revenants débutaient mal.

Jérôme, dans la cour, coupait du bois pour le feu. Dès que l'ombre de Guittou apparut au chemin du verger, il se releva, tandis que les oiseaux dérangés dans les arbres s'envolaient. Sa face maigre et hâlée rayonna comme un pic de pioche à l'aube, et, ravi de la visite spontanée de son frère, il s'élança, se donnant tout entier.

Guittou, au contraire s'approchait sans effusion, lentement. Cette froideur déconcerta Jérôme une seconde. Pourtant ne fallait-il pas s'embrasser ? Il saisit le premier la main de son frère et parla :

— Bonjour, Guittou !... Je te remercie, je te remercie de tout, de tout, tu sais...

Alors, Guittou, qui était si bon, se livra à la douceur d'aimer son cadet, de le sentir ému. Et les baisers, de leurs lèvres rudes, claquèrent comme des paumes sur le Planol, au jeu de ballon.

— Luc, mon neveu, comment va-t-il ?... Il viendra nous voir aussi ?... Nous serions montés en ville, nous autres, tu comprends, si nous n'avions pas voulu nous installer aujourd'hui même... Tu nous pardonnes, hé !

Jérôme précipitamment parlait, agitait les mains de Guittou.

Celui-ci le considéra une minute, puis, d'une voix découragée, répondit :

— Oh ! moi, je pardonne... D'ailleurs, il n'y a pas de quoi... Vous vous installez, parbleu !...

— Sans doute... Té ! attends, je vais appeler Peyrine et Claude.

— Non, laisse-les tranquilles... J'ai quelque chose à te communiquer.

— Quoi ? quoi donc ?... Tu me troubles...

— Tant mieux... Té ! Asseyons-nous là, rien qu'un moment.

Ils se reposèrent sur un tronc d'arbre, couché depuis dix ans peut-être à l'ombre du mûrier. Une table de pierre ronde les cachait un peu du moulin.

Le silence régna un moment sous le réseau des branches, une paix adorable de verdure et de pénombre bleue. On entendait la rivière rouler gaiement sur les plages caillouteuses et, là-haut, en amont, l'eau des gouffres battre les piliers jaunes du vieux pont avec un bruit de vent qui ronfle dans les bois. Au loin, dans la plaine, on entendait les cris des laboureurs corrigeant le pas de leurs chevaux.

Guittou désigna le moulin et dit :

— J'ai payé six mois de location et j'ai loué sous ton nom. C'est te dire que j'ai confiance en toi... Tu n'auras qu'à travailler.

— Il me tarde !... Cependant, je dois t'apprendre que mon gendre Claude a des moyens... Il voulait, en se mariant, apporter une dot... Cette nigaude de Peyrine n'y a pas consenti...

Guittou, frappé d'admiration, tressauta. Il se mit à songer, tout frémissant de plaisir, comme l'eau fraîche où l'on jette un caillou.

— Non ! dit-il. Peyrine n'est pas une nigaude. Elle est fière, ça me va... Elle ne veut rien devoir qu'à son travail. C'est bien, elle est de ma race.

— Tu me fais jouir avec tes répliques. Mon orgueil, c'est ma fille, tu comprends.

— Ah ! mon Dieu ! Si tu pouvais être revenu aux bons sentiments !... T'es-tu corrigé, au moins ?

— Oui, tu verras...

— Laisse-moi m'expliquer... Soyons brefs, car je n'entends plus remuer dans la maison, tes enfants pourraient venir nous déranger.

Guittou s'interrompit, en réflexion sérieuse, ses mains posées à plat sur l'arbre. Jérôme, sans savoir pourquoi, appréhenda aussitôt une querelle. Anxieux, il se pourléchait les lèvres de sa langue rouge de vieux chat.

— Je te pardonne volontiers, déclara Guittou, tes négligences à mon égard. Mais je ne pardonnerais pas les offenses que tu commettrais envers autrui.

Jérôme ne souffrait guère aisément les reproches. Ses yeux devinrent profonds, sous leurs arcades velues.

— Je ne comprends pas, fit-il.

— Où est Santou ?

— Ma foi, suis-je chargé de le savoir ?

— Oui, puisque Santou appartient à ton moulin... Santou ! Mais il te sera si utile ! Il connaît les moindres sentiers du pays ! Il connaît sur le bout du doigt la clientèle de Roquemengarde !

— Pourquoi me rendait-il la vie si dure autrefois ?

— Veux-tu, quand il sera à ton service, qu'il laisse abîmer les eaux de ton moulin par tous les pêcheurs de la rivière ?

Guittou se frappa les cuisses rudement et se leva, avec un air de maître qui a prononcé. Jérôme ne bougeait pas, inclinant son front lourd ainsi que du fer, refusant d'écouter ce maître dont la voix ferme et probe en imposait quand même.

— Ah ! tu seras bien content de recourir à Santou pour te renseigner !... Je l'ai rencontré tout à l'heure. Il va revenir. Je lui ai donné ma parole qu'il vivra toujours ici tranquille... Il a ma parole, entends-tu ?

Jérôme peu à peu ouvrait ses mains et les posait sur ses genoux. Il soupirait, prenait élan pour avoir la force d'obéir et de plaire.

— Oui, j'entends...

— Allons, c'est fini... N'en parlons plus... Si tu veux, tu seras le plus heureux de Pézenas.

Jérôme, toujours inconstant, d'ailleurs porté au bonheur ce matin, ne vit plus que son opulence future : de nouveau, son visage s'éclaira d'une vanité satisfaite.

— Bah ! dit-il. Après tout, tu as raison.

— Allons, viens me montrer tes enfants.

Ils s'avancèrent vers la maison, ballant du même pas.

Déjà ils soulevaient un pied sur les marches de la porte, lorsque Peyrine et Claude se présentèrent. Ainsi, ce fut Peyrine qui accueillit le bienfaiteur au seuil de la maison. Elle lui tendit les mains et, d'une voix franche, avec une allégresse d'enfant, salua :

— Mon oncle !... Bonjour, mon oncle Guittou !... Et donc, comment vous allez ?... Et Luc, pourquoi donc il n'est pas venu ?

Guittou donna ses mains à sa nièce, se laissa conduire, en bon vieux qu'on vénère et qu'on flatte, dans la cuisine aux murs époussetés, aux carreaux reluisants. On prit place à table, sur les bancs de bois, tandis que Claude, seul, restait debout.

— Mon oncle, reprit Peyrine, voici Claude, mon mari... C'est un ange de sagesse, un excellent sujet de travail.

Alors, Guittou attira Claude :

— Viens, embrasse-moi, neveu !... Sais-tu, je compte sur toi pour le moulin...

— N'ayez crainte, mon oncle... Mon beau-père n'aura pas besoin de travailler beaucoup, s'il veut me laisser faire.

Guittou observait ce jeune homme pâle, un peu voûté, qui ne résisterait peut-être pas assez aux caprices de Jérôme. Mais il lui sut gré de s'exprimer avec résolution, sans forfanterie ; et dans un éclat de contentement, il frappa dans ses mains, puis embrassa Peyrine.

La porte était grande ouverte, pleine de la rumeur des eaux et du vent mou de midi bourdonnant parmi les feuilles. Les hirondelles tournoyaient follement sur les toits, dans la cour : depuis un mois elles étaient revenues bâtir leur nid ou le restaurer, dans la patrie, comme Jérôme et ses enfants. Un grondement soudain à l'horizon de la vaste plaine, puis un fracas à travers la terre, ébranla tous les échos. C'était le train de Montagnac dévalant en trombe de sa courbe de la colline d'Aumes, et qui sifflait comme un rompu avant de s'engager sur le viaduc.

Guittou, alors, pensa à la ville, au petit bruit de la rue Saint-Jean. Il se leva :

— Allons, je m'en vais... Sais-tu, Jérôme, pour que le monde connaisse bien la réouverture de Roquemengarde, je la ferai publier samedi prochain par la ville, à l'heure du marché.

En descendant de la cuisine, il se heurta, sur les marches, au brave domestique qui ne bougeait pas plus qu'un sac de farine, une paire de souliers neufs entre ses mains.

— Ah! te revoilà!...

— Oui, j'apporte les souliers.

— Tiens, Peyrine, voilà le cadeau que je t'offre...

— Merci, mon brave oncle.

Santou le remit à Claude que, d'instinct, il sentait complaisant et presque aussi timide que lui-même. Il riait d'un rire large, en grimaçant, comme lorsqu'il bâillait.

Guittou partit, un peu solennel, les mains derrière le dos.

On se mit à ranger complètement la chambre des jeunes époux, et tout à côté, le grenier. Santou s'endormit au penchant du talus, sous un figuier, la figure à même le sol. Dans l'ardeur du travail, on l'oublia.

Le soir, toute la maison était en ordre. Les meuniers soufflaient de fatigue, les bras pesants. Leur Santou dormait toujours au penchant du talus. Ils se reposèrent non loin de lui, sur des pierres : les deux hommes déboutonnaient le plastron de leur chemise pour éponger la sueur de la poitrine, la jeune femme s'essuyait le visage avec son tablier.

Bientôt ils perçurent un glissement furtif de rames dans le chenal, sous les roseaux. Jérôme, qui depuis si longtemps n'avait entendu les barques de Pézenas, reconnut pourtant celle-ci.

— Té! Je parie que c'est Patalocco!...

En effet, au bout de quelques minutes, Patalocco surgit du sentier rocailleux, par l'issue pratiquée à l'extrémité du parapet, et s'avança tout dégourdi sur ses jambes boiteuses, la veste sur le bras, riant de sa grosse face qu'encadrait la barbe de matelot.

— Hé, bonjour, l'ami Jérôme! Comment tu vas? Et la famillette?... Je n'ai pas

voulu passer la journée sans venir te voir... Et alors, c'est ton gendre?...

— Oui, oui... je prévois ce que tu viens me demander.

— Sans doute... Mais, chut!... Laisse-moi auparavant te le confier à l'oreille : si tu es ici, tu me le dois un peu.

— Ah bah! voilà que je vais le devoir à tout le monde.

— Voyons, je te le confie, sous promesse que tu ne révéleras point le secret... Voyons, tout l'argent que j'ai prêté à ton frère!...

— Quoi!... L'argent est à toi! Ah! par exemple, je ne lui dois donc rien, à mon frère?... Pourquoi donc venait-il si vite me morigéner chez moi?...

Peyrine rougissait du désarroi que Patalocco, dès le premier jour, provoquait au moulin. Qu'importait que ce fût lui ou un autre qui eût prêté l'argent! A coup sûr, sans l'intervention de l'oncle Guittou, il ne l'aurait pas offert de lui-même. Seulement, elle se taisait, de crainte d'irriter son père.

Claude épiait les deux hommes d'un air badaud, perplexe, porté à croire que ce Patalocco n'était qu'une créature de malice et de mensonge. Car l'oncle Guittou ne pouvait pas avoir menti.

— C'est vous, Patalocco, lui demanda-t-il avec une simple franchise, c'est vous qui avez tout donné?

— Oui, moi... Pas tout, à la vérité... Enfin, Jérôme reconnaîtra mon amitié, je pense?

— Oui, tu veux quelque chose de moi en retour?

— Mon Dieu!... Té! Entrons. On est mal ici pour causer.

Quand ils furent assis dans la cuisine, tous, même les enfants, Patalocco, ses bras allongés sur la table comme des rames, déclara :

— Voici. Avant que mes collègues viennent te solliciter, moi qui suis ton plus vieil ami, j'espère que tu m'accorderas exclusivement le droit de pêcher dans tes eaux.

— Nous verrons ça plus tard!

— Plus tard!...

Jérôme restait toujours l'égoïste qui abuse et se moque ensuite des camarades. Aussi, Patalocco regretta soudain ses sacrifices. Mais, loin de se fâcher, il sourit avec des manières de bon apôtre, comptant bien corrompre le meunier un jour de fredaine.

— Après tout, dit-il doucement, la rivière n'appartient à personne. Seulement, si tu veux pêcher du beau poisson, tu seras obligé d'avoir recours à mon expérience.

— Peut-être... Mais le moulin, vois-tu, c'est sacré. Tél la preuve que nous ne pouvons pas nous brouiller : nous pendrons ici la crémaillère, tu seras de la noce.

— Volontiers... Tout de même, pour l'argent, ne révèle rien à ton frère.

— Je sais garder les secrets... En outre, je réponds des enfants comme de moi.

Ceux-ci, la main sur le cœur, se dérobaient honnêtement aux confidences.

— Alors! conclut Patalocco, tope là!... Quelles bonnes soleillées nous allons prendre ensemble!... Aïe, mon ami!

Le matelot, en riant, décampa vers la rivière.

VII

LE BRUIT DU MOULIN DANS LA VILLE

Guittou fit selon qu'il l'avait promis, le samedi, jour du marché. Le précon, qui était un sergent de ville, cousu d'argent aux culottes au dolman et au képi, proclama par toute la ville que Jérôme Guittou avait rouvert le moulin de Roquemengarde, et qu'il y attendrait, à l'époque de la moisson, le blé de la contrée.

Pézenas fut bouleversé. La grande nouvelle pénétra au fond des quartiers les plus lointains, remués, eux aussi, tout le long de l'année, de leurs petits drames singuliers.

A vrai dire, Guittou avait bien fait les choses. Le précon n'était pas seul à proclamer la réouverture du moulin. Pantouket, le portier du collège, l'accompagnait: Pantouket, aussi magnifique que le sergent de ville en son costume de vieux soldat de Crimée, le pantalon rouge bouffant, la longue lévite aux boutons de cuivre serrée aux reins par un ceinturon de cuir verni, et de gros souliers à guêtres blanches, et le bonnet de police à pompon d'or, et le grand tambour de chêne et de cuivre qui commençait de peser à sa petite taille, sur ses jambes fluettes.

Et ran plan plan! Sur les places, s'élevait un vacarme de foire, et ran plan plan, ran plan plan!... Puis, l'appel forcené du précon qui jouait dans la trompette une sonnerie de son temps de cuirassier. Partout les gens effarés, les femmes assourdies, les enfants se bousculant, les hommes quittant cafés et boutiques, toute une populace ainsi que du beau monde accouraient vite, s'assemblaient en bon ordre.

Le précon, grave, pénétré de son importance officielle, attendait une minute de recueillement. Dans le soleil, dans le calme qui descendait entre les lourdes maisons comme dans un ravin solitaire, le précon exhibait de sa poche un papier de Guittou, le lisait de sa voix de stentor, le front haut, afin que de très loin les plus discrets pussent entendre.

Et ran plan plan!... On repartait, Pantouket faisant des yeux farouches aux élèves du collège, pour rire, sous le bonnet de police. Et ran plan plan!... Sur la place des Trois-Six, où se poussent en cohue, en un bavardage pareil à la rumeur de la mer, les paysans d'alentour qui viennent acheter ou vendre des récoltes, ce fut le plus beau du tumulte. La trompette et le tambour interrompirent net colloques et marchandages. On dut écouter, on dut apprendre le retour de Jérôme sur le territoire de Pézenas.

Aussi, le lendemain de la proclamation, dans la matinée, on attendait ceux du moulin, à la rue Saint-Jean. Ils ne pouvaient venir que pour la petite messe de neuf heures. Mais bientôt après l'aurore, la rue eut son émotion des grands jours.

A la placette, Fabarote, acagnardé sur son banc, levait les yeux chaque fois qu'une dame passait. Il humait l'odeur du soleil, la fraîcheur du ruisseau, se laissait vivre, les mains aux genoux. D'ailleurs, Boipau, les bras nus maculés de farine, le tablier de toile aux reins, lui tenait compagnie. Ils ne disaient rien; ils bâillaient, paresseux. Fabarote, qui de temps en temps s'écartait de Boipau pour ne pas salir sa veste gros bleu, suait à chaque effort de se déplacer.

Durante, en face, dans la niche de sa porte, faisait parure de sa coiffe en faille noire et à dentelles, de sa robe de satin à plis de manteau, de ses chaînes d'or, de ses mitaines. Laide et ridée, elle se maniérait devant les hommes, leur parlait français, en demoiselle qui a toujours la séduction de la richesse. Elle, parbleu! attendait la grand'messe de dix heures. Seulement, toute la journée du dimanche, elle s'exposait ainsi aux regards de la ville.

Les magasins du voisinage étaient très occupés. Ce jour de repos, les paysans de la nombreuse banlieue viennent à pied dans la ville dépenser leurs gains de la semaine en nécessaire ou en gourmandises. Ils marchent par groupes compacts : les femmes, chargées de paniers; les hommes, la veste sur le bras, la cigarette ou la pipe à la bouche; les enfants, le chapeau sur la nuque, un jonc à la main, pour se donner de la fanfaronnade.

Garrigues, en bras de chemise, recevait parfois tant de clientèle qu'il apportait des chaises devant la porte, dans l'encoignure de ses deux magasins. Là, il essayait lui-même sur les têtes mal peignées et poudreuses des chapeaux et des casquettes, rudoyant les rustres, leur déclarant avec autorité que la coiffure allait bien, trop bien. Les rustres, sournois, se consultaient entre eux, tournaient la coiffure cent fois dans leurs mains; puis paisiblement, sans se laisser convaincre par l'éloquence de Garrigues qui se prétendait seul capable d'apprécier sa marchandise, ils offraient des prix dérisoires, en de patientes discussions. Enfin, après avoir payé, ils s'en allaient, patauds, enchantés d'avoir obtenu pour rien, presque rien, la marchandise d'un boutiquier de Pézenas.

Soulayrol, lui, était retenu par son four. Le dimanche, un pâtissier n'appartient pas à la rue. Ce soir, à la veillée, dans l'encoignure des magasins de Garrigues, quand on a compté la recette et qu'on ne fait que rire en songeant combien le tiroir s'est rempli de sous et de pièces blanches, Campal, avec sa langue de perroquet, racontera aux camarades les événements du jour.

Mais Campal ne pouvait guère non plus s'intéresser à la rue, sa rue Saint-Jean, son palais, son domaine. De grand matin, sa clientèle d'ouvriers et de petits bourgeois s'entassait dans sa boutique, sur les deux canapés, sur le banc de bois et les chaises de paille. Les journaux en main, on discutait la politique municipale, les faits divers survenus dans Pézenas depuis cinq ou six semaines. Campal déjà travaillait sans relâche, en ripostant aux discours de l'un, aux faceties de l'autre. Il s'agitait autour du fauteuil, devant la glace, et grandissait souvent son rasoir, au milieu d'une dispute à propos de M. le Maire. Rosette ne travaillait pas moins que lui : elle rinçait la cuvette, barbouillait de savonnade la figure du client dont le tour allait venir et lui nouait la serviette au cou. Puis, elle rangeait les hommes en bon ordre, veillait à réserver de la place aux nouveaux arrivants. Campal, à lui seul, rasait bien

cent citoyens, et d'une main légère. Gare s'il y avait des cheveux à tailler!... — Oh! diable! criait-il au client ahuri, tu n'aurais donc pas pu venir un jour de semaine! Allons, à la tondeuse!... En cinq minutes, la tête était tondue, fauchée comme une luzerne. Puis, toujours infatigable, petit, se faufilant parmi les chaises, Campal entr'ouvrait soudain la porte, montrait sa tête au soleil, sa tête nerveuse éclairée de gros yeux roux, barrée d'une moustache grisonnante. Et il interpellait le voisinage :

— Hé! Fabarote! Durante!... Quand le moulin sera là, vous me sonnerez!...

Vite, il réintégrait sa cave, réprimandé par Rosette, qui se reposait quelquefois pourtant.

— Oh! lui répliquait-il. Nous savons bien ce qui te tracasse. Quand le moulin arrivera, tu ne seras pas la dernière à sauter dans la rue... Allons! ne fais pas tant la discrète!...

Les hommes s'esclaffaient.

Du reste, les Campal recherchaient la gaieté dans leur salon de coiffure, où les clients trouvent autant de distraction qu'au café et viennent se divertir pour bien commencer leur dimanche.

Justement, une fois que Campal se disposait à interpeller Fabarote, celui-ci, hilare, remuant ses bras et son ventre, se levait pour annoncer l'arrivée du moulin.

— Ouais! cria Campal qui trépignait sur sa porte. Venez voir! Ils arrivent!...

Les hommes se précipitèrent ensemble dans la rue. Rosette, les écartant à coups de hanche, se planta la première au bord du ruisseau.

En effet, Jérôme se présentait, tout neuf, une main dans la poche de sa veste, l'autre dans la poche de son pantalon noir de la noce. Superbe, il examinait les boutiques à demi closes, les murailles humides, les fenêtres déteintes par le soleil et par la pluie, sa vieille rue Saint-Jean qui n'avait pas changé, pécaïré! Derrière lui, s'effaçant un peu, Peyrine instinctivement fière de sa jeunesse et de sa santé, le visage lavé de frais comme une olive par la rosée; auprès d'elle, son mari étonné de tant de tapage, heureux de l'agrément de Pézenas qui lui paraissait plus riche et plus gai que Clermont. Lui, par exemple, avec son chapeau melon, sa chemise blanche, son costume de drap gris et sa breloque de cuir au gilet, avait l'air d'un bourgeois revenant de ses vignes plutôt que d'un meunier.

Ils descendaient encore la côte du Planol qui passe sous la porte Saint-Jean. Tout à coup, on aperçut dans l'ombre de la voûte les pattes de Jacquounel, ensuite Santou perché sur le bât, les jambes pendantes. Santou, que personne ne remarquait les autres dimanches, s'alarma bientôt à la vue de ces êtres qui le saluaient ou qui l'attendaient au loin, comme s'il leur avait dû quelque chose.

Et Campal vociférait, et en même temps tout un peuple accouru de la place des Trois-Six, de la Poissonnerie, et la foule des magasins, des bonnes avec des paquets, des paysans avec des provisions, et Garrigues, et Valadier, ceux-ci effrayés que leurs clients n'emportassent des marchandises à la faveur du tumulte.

— Ouais! Jérôme, avance donc!... Et comment tu vas?... Alors, Peyrine, vous voilà revenus au pays?

— Oui, oui, laissez-nous passer...

— Et alors, vous ne vous arrêtez pas, qu'on puisse vous admirer? Vous êtes si beaux!... Et alors, on pourra venir s'amuser à Roquemengarde?

— Oui, oui, répétait Jérôme.

Rosette, les poings aux hanches, furieuse de voir ceux du moulin lui échapper si vite, se plaignit :

— Vous faites bien les fiers, ouais!... Depuis quand nous ne sommes plus pétris de la même pâte?

Ils marchaient lentement, sans se déconcerter. Fabarote, qui riait dans ses bajoues, s'approcha de Jérôme et lui dit de son air raisonnable :

— Dépêche-toi! Le monde est impatient chez Guittou.

De l'autre côté du ruisseau, Durante s'était avancée vers Peyrine. Curieuse, mijaurée, elle lui demanda :

— Hé bé, comment tu vas, ma fille? Tu as été heureuse de te marier?... J'espère!... Et avec un si bel homme!... Té! touche-moi la main.

Claude, à ces compliments, au milieu de la foule, se troubla. D'un faux pas, il s'en fut piétiner en plein ruisseau. De l'eau rejaillit sur Jérôme; et celui-ci, accélérant son allure, grommela :

— Emplâtre de Clermontais! Au moment où nous arrivons, tu me taches le costume!

Les paysans, cependant, rentraient dans les magasins, désappointés qu'on menât tant de bruit à la ville pour un âne et un meunier.

— Au travail, mon homme! criait Rosette. Ne perdons pas de l'argent pour le moulin, nous ne savons pas s'ils en valent la peine!...

On rentra en cohue, à la suite de Campal. Un pauvre garçon, sa serviette au cou, la figure barbouillée de savonnade, attendait, patient, entre les bras du fauteuil, que son coiffeur eût fini de s'amuser dans la rue.

VIII

LA FAMILLE HEUREUSE

Là-haut, chez Guittou, du monde encore s'agitait devant la porte, du monde si radieux qu'on levait les bras sans proférer un mot.

— Hé bé, nous voilà! saluait Jérôme. Voilà Peyrine... Voilà Claude...

Guittou accola chaudement sa nièce, puis son neveu qu'il fit passer à Luc. Celui-ci resta une seconde stupéfait devant ce grand jeune homme pâle. Pourtant, il lui offrit à baiser ses joues râpeuses, tandis que d'une main il attirait Peyrine, l'épouse toute fraîche qui plaisait en sa robe verte, qui se balançait comme un roseau et riait comme une enfant.

— Oh! Peyrine, qu'il me tardait de te revoir!

— Moi aussi. Tu n'as pas changé.

— J'ai toujours ma bosse, pardi!

Mais Guittou poussait, parmi les curieux, sa famille dans la boutique.

Luc, le matin, avait opéré un tel nettoyage que toute la famille pouvait contenir avec le cuir et les outils, et même Patalocco, embelli ce dimanche d'une chemise neuve et d'une cravate rouge. Lorsque chacun eut pris sa place, il ne resta plus de chaise. Aussi, Santou dut se planter au seuil de la cuisine, dans le cadre de la porte, de même qu'Agnès, la bonne des Garrigues.

Agnès, maintenant qu'elle dépassait la trentaine, avait un soûl de vivre chez les autres; elle cherchait à s'émanciper, à conquérir sa maison et son homme. Seulement, qui aurait voulu de ce corps déhanché et pataud, de cette longue figure aux yeux clignotants, à la bouche si mal dentée? Elle avait essayé de plaire à des veufs, de les allécher en vantant sa cuisine, les escargots au gril, les aubergines cuites au four, et les épaisses sauces d'aillades autour du mouton et de l'agneau : pas un n'avait été touché, sauf, une fois peut-être, Boipau qu'ennuyait le soin de son linge et de sa personne. Ma foi, Agnès se décida donc pour Luc Guittounet, le bossu. Celui-ci, au moins n'aurait pas le droit de se montrer difficile. Quelque jour, quand il verrait vieillir son père et que dans sa maison triste il pressentirait avec horreur sa propre déchéance, il penserait bien à se marier. Aussi, le fréquentait-elle assidûment. Parfois, en allant au marché pour sa patronne Garriguette, elle achetait des victuailles pour les Guittou et leur faisait des commissions. Souvent, elle prenait leur cruche, en allant à la fontaine du Planol.

Néanmoins, malgré tant de prévenances, les Guittou ne comprenaient pas Agnès, ou plutôt ni l'un ni l'autre ne semblait, ma foi, la comprendre. Ce matin, comme ses patrons occupés au magasin ne pouvaient la surveiller, elle était venue chez les cordonniers participer à l'émotion de leur famille.

Et là, au milieu de cette réunion de maîtres, Agnès ne comptait guère plus que Santou, lequel de temps en temps, dans une fraternité de domestique, se frottait contre sa jupe rousse et son corsage à carreaux bleus.

Jérôme maintenant exposait son idée de pendre la crémaillère au moulin.

— Oui, répondit l'aîné, j'ai réfléchi à cela, et je pense que tu as tort. Nous n'avons pas trop d'argent... Alors, toi, tu prépares des dépenses.

— Pas du tout ! j'inviterai les amis de la rue Saint-Jean. Seulement, chacun payera son écot : l'un du vin, l'autre un dindon, Boipau du pain, Soulayrol ses petits pâtés.

— Au fond, mon oncle a raison. Une noce de loin en loin, ça repose.

— Moi, fit Patalocco, j'apporterai le poisson.

— Ça donnera un train de gaieté à mon moulin, une réclame de plus !...

— Allons, puisque vous le voulez !

— Et moi, demanda Agnès, qu'est-ce que j'apporterai ?

— Tu viendras seule, lui répondit Luc. Une demoiselle est toujours une invitée.

Agnès, transportée de plaisir, sautilla, dégourdie et jeune, caressant de plus belle la bosse de Luc. L'espoir, pour la première fois, entrait dans son corps, comme du vin qu'on savoure.

Cependant, les cloches de Saint-Jean sonnèrent la messe : les vieilles cloches, là-haut, presque au-dessus de la maison des Guittou. Leur sonnerie pesante répandait un bruit épouvantable de canons roulant dans le ciel clair, sur la ville.

Alors, Guittou décrocha son chapeau, ainsi que Guittounet, et on partit pour la messe, en laissant la porte ouverte. Jérôme, avec une prestance de chef, passa devant. Son aîné, dans sa modestie, laissait faire. Guittounet, qui paraissait plus petit encore à côté de Claude, taquinait constamment Peyrine à la taille. Celle-ci gazouillait, se dandinait en demoiselle, au grand étonnement de Claude, qui la trouvait plus élégante dans son pays qu'à Clermont. Bien sûr, il avait sagement agi de l'épouser tout de suite. Car, dans ce Pézenas, maintenant que le père avait une position, quelque fils de boutiquier la lui aurait prise. Ils marchaient donc tous enchantés, même Santou. Celui-ci, radieux, les bras ballants, contemplait le ciel. En passant, il rudoya d'une tape son Jacquounel qui dormait debout, contre la muraille de l'église. Puis, il regarda les gens du voisinage et se mit à rire, en haussant les épaules.

On gravissait le perron du grand portail de l'église. Les hommes, graves, leur chapeau sur la poitrine, s'apprêtaient à tremper leurs doigts dans l'eau bénite.

Agnès, sans bouger de la porte de la boutique, regardait patiemment s'éloigner Luc et les amis. Ses yeux clignotants semblaient mouillés de larmes. Elle rêvait à son Luc, et Luc ne se retournait pas une seule fois. Elle s'en fut, triste et mal résignée, courut bien vite à son magasin, en se faufilant parmi les acheteurs pour n'être pas grondée.

A la sortie de la messe, le peuple, en son remue-ménage de tous les dimanches, déboucha par flots divers et lents des deux portails aux battants étalés. Les hommes, les messieurs de la noblesse et de la haute bourgeoisie s'étaient déjà adossés aux devantures d'un somptueux magasin de draps, et ils assistaient curieusement au défilé des dames et des demoiselles. Tandis que les aïeules, vite, vite, leurs mains ridées sur les gros livres recouverts de drap noir, rentraient au logis en rasant les murs, les demoiselles se retrouvaient dans la foule, se saluaient de loin, et parfois rassemblées par groupes épars, comparaient sournoisement leurs toilettes, échangeaient des compliments et, bavardes, s'accompagnaient quelques pas.

Les Guittou, suivis de Santou et de Patalocco, ne voulaient pas se séparer, de sorte que, battus par les remous du peuple, ils sortirent les derniers. Jérôme salua d'un grand coup de chapeau ces messieurs de la noblesse qui possèdent partout des champs de blé : ceux-ci inclinaient le front à peine, les orgueilleux. Claude, devant une telle affluence, si cossue et si gaie, éprouva soudain la mélancolie de ne pas voir ses parents auprès de lui, au milieu d'une famille si bien considérée.

On s'arrêta un moment chez Guittou, dans la cuisine, autour d'une table chargée de souliers. Luc, grâce à ce dégourdi de Patalocco, pût caser des verres et une bouteille.

Pendant qu'on buvait, Soulayrol, qui s'était échappé du four à l'insu de sa femme, se présenta :

— Hé bé! Hé bé!... Vous voilà revenus au clocher?

— Té! Bonjour, c'est toi!

Soulayrol, en livrée de travail, veston et pantalon de toile bleue, espadrilles éculées, bonnet de police en papier sur l'oreille, le tout souillé de sauce et de sucre où se collaient des mouches, n'osait pas toucher Peyrine. Seulement, il lui criait dans le visage :

— Alors, c'est dans notre Pézenas que tu veux donner des enfants, toi aussi?... Et c'est ton mari?... Ah! je te félicite. Vous êtes de la même taille, je crois.

— A ta santé, Soulayrol!...

Sans qu'il fît attention, on le fit boire dans le verre de Santou. Il lampa son vin à la hâte et s'esquiva, promettant de visiter Roquemengarde pas plus tard que le lendemain, le lundi étant son jour de loisir.

— Nous partons aussi, dit Jérôme.

Cette fois, Santou, monté sur Jacquounel, tira devant.

Toute la rue aussitôt se ranima, les boutiquiers sur leurs portes, les bonnes aux fenêtres, les paysans rangés le long des murs comme un dimanche de procession. On vit à la fenêtre de sa chambre, sous les tuiles, Agnès qui applaudissait, dans la joie que Luc ne suivît pas son oncle.

Tous les clients des Campal, accourus au bord du ruisseau comme une troupe de marins sur le pont d'un navire, poussèrent des vivats. Rosette riait tellement que son corsage lourd craquait et ballottait.

Ceux du moulin disparurent enfin sous la voûte noire de la porte Saint-Jean. Santou se détournait par intervalles, afin de constater si les maîtres ne s'arrêtaient pas au cabaret, par hasard.

Patalocco, les bras pendants, accompagnait ses camarades. Ne rêvait-il pas, de son côté, qu'il familiariserait bientôt son barquot dans le chenal de Roquemengarde et qu'un jour il coucherait dans le moulin?...

On prit le chemin creux, le chemin bas de Montagnac, qui va sans précaution, si hardiment, à travers la plaine, qu'au moindre orage, à la moindre escapade de l'Hérault, des courants l'inondent et le ravagent. Mais qu'il est joli, ce matin d'avril, un dimanche! Sous les vignes, les blés et les luzernes, il se cache, sinueux, pétri de terre grasse, parfumé d'herbes jeunes. On entend à droite, et davantage à mesure qu'on avance, la chanson de l'eau qui court avec une grâce de demoiselle, et le frissonnement des roseaux dont les hampes se montrent peu à peu. Sur ses bords, en haut des profonds talus, des peupliers dressent leur feuillage en quenouilles; de vieux mûriers resplendissent de force, leurs branches ayant des nœuds, des muscles de géants, et quelques-uns, penchés par le vent qui souffle de la mer voisine, se tordent ainsi que des infirmes revenus d'une bataille, la poitrine blessée. Les amandiers aux fleurs roses murmuraient longuement, comme des voiles sur la mer.

Jacquounel passait sans crainte au milieu du chemin, dans des flaques dont Santou recevait les éclaboussures sur les culottes.

Jérôme conduisait sa famillette par le sentier qui court au flanc du talus. Patalocco, sur ses jambes boiteuses, marchait aussi vite que le maître. Peyrine donnait la main à son mari, pour jouer, et le rire les attardait, ces deux amoureux.

— Allons, les enfants! leur criait Jérôme. Vous ne pensez donc qu'aux embrassades?

— Elles ne coûtent rien, fit Claude.

— Il n'est pas sot, ton gendre, marmotta Patalocco, qui flattait tout le monde.

Claude rougissait de pareilles flagorneries. Ce matelot, avec ses ruses et ses mensonges, viendrait déranger l'harmonie du foyer, voilà tout.

On arrivait. Le chemin, parmi des rocailles, saute sur le vaste pré qui légèrement décline vers la cour, en portant le jardin.

La maison de Roquemengarde apparut

parmi les frondaisons, puissante et féconde, sous la splendeur du ciel. Par les fenêtres ouvertes, entrait la lumière dorée qui devenait bleue dans le grenier et dans les chambres. Des papillons voletaient, entraient aussi, avec les rayons du soleil.

Peyrine, ayant noué un tablier neuf par-dessus sa robe retroussée, prépara le dîner. Les deux maîtres ôtèrent leurs vestes, et tandis que Santou soignait son âne dans l'écurie, ils coupèrent des planches, afin de consolider la cage du poulailler.

Patalocco, alors, fut bien embarrassé. Il aurait voulu se rendre utile, aider son ami Jérôme qui parlait de rassembler vite autour de lui des poules, des canards, des lapins, beaucoup, beaucoup de bêtes. Seulement, hors de la rivière, le matelot ne savait plus se servir de ses doigts. Aussi, tout en se grattant les joues, en grommelant d'ennui, il s'assit sur le tronc d'arbre allongé à l'ombre du mûrier centenaire.

Cependant, les gens de Roquemengarde affectaient à son égard trop d'indifférence. Ça ne le touchait donc pas, ce diable de Jérôme, qu'un travailleur lui eût prêté de l'argent? Et Patalocco se grattait les joues, fatigué d'attendre, honteux de rester là, pareil au vagabond qui par son seul silence implore la pitié.

Il se leva, bourru.

— Je m'en vais...

— Où vas-tu?... Voyons, tu manges ici! Patalocco se rassit du coup, si estomaqué que ses esprits n'eurent plus que de belles visions. Il riait de toute sa face aux larges favoris.

— Merci, merci!

Jérôme, qui coupait son bois avec entrain, comprit que le camarade allait déjà se nourrir d'illusions. Très amusé, il ricana en tournant le dos; puis, brusque, il se redressa.

— Tu sais! dit-il d'un ton d'autorité hautaine. Je ne supporterai pas que ton barquot hante ma rivière comme un âne son écurie. Certes, je ne t'interdis pas de pêcher dans mes parages, mais je n'admets aucune familiarité entre mon moulin et ton embarcation. Le garde s'imaginerait que je suis de complicité avec toi. Baquenoi ne plaisante guère en temps de pêche prohibée, tu me l'as appris toi-même, et ce seraient pour moi des tracasseries sans fin...

Patalocco fronça le sourcil.

— Ne crains rien... On a de l'argent, tu le sais de reste, pour payer les procès-verbaux...

Hum! Tu n'y perds pourtant pas, à ma familiarité.

Les deux hommes, sombres, se regardèrent longuement, en défi. Mais Jérôme préféra ne pas s'inquiéter.

— Allons! s'écria-t-il. Voilà Peyrine qui apporte le litre et l'oignon de Lézignan-la-Cèbe!... Mettons-nous à table sous notre mûrier!... Ne nous disputons pas aujourd'hui dimanche!...

Patalocco, avec ses gros yeux blancs, épiait toujours ce diable de Jérôme, et, déconcerté de plus en plus, il hésitait à rire.

IX

LES BEAUX JOURS

Depuis l'arrivée de Jérôme, on ne parlait plus au moulin et dans la rue Saint-Jean que du lundi de Pentecôte. Si les Campal, Boipau, Durante, Agnès et toute la société, préparaient avec enthousiasme le menu du festin, expliquaient aux passants la noce qu'on se proposait pour ce lundi de fête, Jérôme et ses enfants, ainsi que Santou, ne perdaient pas leur temps.

Dans ce Languedoc, pays de gros soleil, les moissons commencent en juin. Roquemengarde serait prêt à cette époque pour recevoir le blé. Il pouvait s'en présenter de partout. Non seulement la maison vaste, maintenant fournie de poules, de lapins et de canards, était balayée, nettoyée autant que le salon d'un notaire. Mais en bas, sur les remblais de la rivière, le vrai moulin à deux compartiments, joli sous le hâle des murs comme le visage doré d'une vendangeuse, orné de fleurs et de gazons au moindre relief des pierres, attendait le travail avec joie, dans la rumeur de l'eau qui bouillonne sous les écluses, qui tape en cadence les palettes des roues débarrassées de leur mousse.

Sur le toit du moulin silencieux, Jérôme avait aussi peuplé le colombier. Les pigeons voletaient aux alentours, explorant le paysage, portant au delà de la rivière, jusque sur les coteaux du village d'Aumes, l'âme rajeunie de Roquemengarde.

Jérôme, à cette heure, adorait la vie. Il se promettait de bien travailler, de se conduire avec sagesse.

— Ah! disait-il à Claude et à Peyrine, vos enfants ici vont devenir beaux et forts...

Car vous m'en donnerez quelques paires, hé?...

Claude, à ces plaisanteries, baissait les yeux ; Peyrine, indignée, haussait les épaules. Mais enfin Jérôme marchait droit. On lui concédait volontiers ces divertissements de paroles.

Les jeunes époux, cependant, ne pensaient guère à la fête. Santou les rencontrait toujours ensemble. Pareils à deux valets loués aux mêmes conditions, sobres, patients, ils travaillaient sans échanger un baiser ni un rire. Claude, qui voyait sa femme embellir au contact de la terre, espérait une destinée prospère et sereine. Lui-même, piochant dans le jardin, la tête nue, ne craignait plus le soleil. Sa figure avait pris un ton rougeâtre de fruit mûr, ses bras vigoureux se bronzaient. Seule, sa chevelure restait blonde, mais plus touffue, en toison frisée, où Peyrine, le dimanche, passait le démêloir en riant.

Patalocco également était heureux. Il s'insinuait avec précaution, un peu chaque jour, auprès de Jérôme.

Un soir, par un tel silence qu'on entendait les oiseaux sautiller dans les branches à la poursuite l'un de l'autre, par un crépuscule bleu qui, dans la verte rivière, frissonnait avec les mirages du ciel, Jérôme se laissa tenter par le barquot. Les deux hommes, l'ayant hissé par-dessus la digue, ramèrent en amont, jusqu'au pont de Montagnac, contre ses piliers plus gros que des clochers. Là, tandis que des paysans, rentrant à leurs villages, s'arrêtaient et se penchaient au parapet de la grande route pour contempler les péripéties de la pêche, Patalocco descendit ses filets dans le gouffre qui tourbillonne.

Tout en manœuvrant, il caressait son camarade, cherchant à le corrompre.

— Vois-tu, dans mon barquot, je vis à ma guise, je n'ai pas de voisins qui m'agacent, de passants qui me racontent leurs histoires. Je gagne une belle vie en me promenant sur l'eau qui me semble ma propriété depuis que je la fréquente. Ah!... C'est une belle vie!... et riche!...

— Je ne dis pas non.

— Tu ne m'envies pas? Noté que j'ai fini par donner à Pézenas l'habitude de manger mon poisson de rivière. Une femme me le vend, à la Poissonnerie. J'ai ma récolte chaque jour. Car, vois-tu, ici, pas de caprice... A la mer, c'est l'orage, la tempête... Ici, qu'il pleuve ou vente, j'ai vite fait de retirer mes filets. Vois-tu, j'ai appris à Pézenas qu'en toute chose, avec le travail, on gagne sa vie.

— Tu as des tracas tout de même.

— Avec qui?

— Avec le garde, donc?

— Oui, si Baquenoi n'existait pas, mon sort serait trop beau. Ah! du temps de Rascol, quel plaisir!... Je lui donnais quelque barbot, quelque piécette blanche, on s'entendait facilement... Tandis que Baquenoi!... Il ne rit jamais. Seulement, s'il m'attrape, il sera bien fin. Il faut, pour qu'il ait le droit de verbaliser, qu'il me prenne sur le fait, en flagrant délit, comprends-tu?

— Il te prendra, n'aie pas peur.

— Je l'en défie!... Qui connaît la rivière mieux que moi, ses éperons et ses chaussées, ses cachettes de roseaux et d'amarines? Aïe!... Té! Regarde ma récolte!

Patalocco soulevait péniblement le filet garni de plomb, les mailles brunes ruisselantes. Ça excitait l'appétit, de voir frétiller les petits poissons au ventre argenté, au dos gris de lézards. Patalocco, les bras nus, riait tout seul : Jérôme l'admirait.

— J'ai pas perdu mon temps, hé!

— Non.

— Ni toi non plus, té!... Revenons au moulin. Je te donnerai une assiettée de goujons ou de barbots, tu choisiras.

Jérôme prit les rames.

Ainsi, doucement, Patalocco s'insinuait chez le camarade. Maintenant surtout, en cette saison de pêche prohibée où les poissons frayent encore, il avait besoin de l'amitié des Guittou. Il voulait pouvoir, en cas de persécution, trouver un refuge au moulin. Ah! ce Baquenoi, si on pouvait l'attraper dans un repas copieux et lui faire goûter la pêche de Patalocco, apprêtée par Patalocco lui-même! Sûrement, il se lécherait les doigts, il boirait beaucoup pour dissiper dans l'estomac la sauce à l'huile et au persil : et on l'achèterait tout de suite. Quelle andouille de Baquenoi, pas moins! Est-ce que Patalocco s'en irait proclamer au monde que le garde lui accordait des privilèges?

X

UN TÊTE-A-TÊTE

Le dimanche de la Pentecôte, de très bonne heure, avant l'aube même, Patalocco démaras son barquot. Il comptait sur une pêche abondante pour la fête du lendemain.

Aussi, la veille, avait-il prodigué ses soins et sa science à disposer ses engins, les filets, les nasses, les lignes attachées au pied des arbres, et ces joncs souples et solides, garnis d'une brochette de sardines qu'on laisse traîner au fond de l'eau, afin que les anguilles goulues viennent s'accrocher à l'hameçon dissimulé dans la brillante sardinette. Il les avait disposés du moulin de Castelnau au moulin de Roquemengarde, aux meilleurs endroits, par les trois détours que décrit la rivière à travers la plaine.

Quel spectacle de voir Patalocco naviguer dans les tourbillons et les rapides!... L'embarcation, c'est lui-même qui l'avait fabriquée. Elle ne connaissait que son maître. Le meilleur pilote d'Agde, là dedans, aurait coulé cent fois. Quel barquot! Deux planches pour le fond, recourbées à leurs extrémités; d'autres planches mal rabotées, à droite et à gauche, mais si richement goudronnées que l'eau ne filtrait pas du tout. Pas de banc ni de gouvernail. Tout juste deux piquets bourrus à bâbord et à tribord, de quoi soutenir les rames courtes qui poussaient cahin-caha la machine, pendant que l'avant-train ou la proue souffletait l'onde en des plongeons patauds. Patalocco ne pouvait s'asseoir, sous peine de chavirer : il tenait équilibre sur ses jambes tordues, par un prodige d'adresse et de volonté.

Aujourd'hui, il avait commencé sa besogne par la digue de Castelnau. Là, on dormait encore : les chiens connaissaient si bien le matelot qu'ils n'aboyèrent point.

La terre était blanche presque, parmi des brumes qui noyaient les arbres. La rivière, au loin, dans l'ombre, grondait plus large, sous la colline. Patalocco se trouvait seul. Il aimait tant le frisselis des feuillées à leur réveil, le pépiement des oiseaux cherchant du jour, le lent ruissellement du flot mystérieux qui, çà et là, reluit en reflets d'encre ou de moire verte! Il aimait tant le silence de la campagne qui semble endormie pour l'éternité et qui pourtant, comme un fruit mûr près de tomber de la cime d'un arbre, se remue déjà sourdement sous la brise!

Les premières levées ne furent pas bonnes : rien que des goujons menus nés de quelques jours, et qui, tout en jouant sans doute, s'étaient laissé prendre.

Enfin, au tournant de Pintou, à l'endroit où la rivière se répand sur une plage de cail-loux, Patalocco releva trois grasses anguilles de ses joncs de sardinettes.

— Voilà que ça débute, dit-il.

De contentement, il cracha entre ses mains.

A présent, dans la plaine, du pont de Montagnac à Pézenas, une fine lumière, pareille à de la farine échappée des sacs du moulin, se dispersait sur les champs et sur les maisons. Patalocco repartit avec espérance, sifflotant un chant de merle, épiant à droite et à gauche se lever les bosquets qui bourdonnent d'insectes et qu'il connaissait comme des frères. Quand il longeait de trop près le rivage, il dérangeait de gros rats accouplés dans l'herbe. Mais il les connaissait aussi, il leur disait qu'un jour viendrait pour eux d'être réunis en fricasse, à Roquemengarde. Car ce gourmand de Jérôme prisait les rats d'eau autant que lui : Baquenoi, sûrement, n'en serait pas dégoûté non plus.

Il retira un nouveau filet. Cette fois, ce fut une carpe d'au moins trois kilos qui dansait entre les mailles, aussi fort qu'une reine au bal, si fort même que le barquot eut des secousses de van de moissonneur.

Maintenant, Patalocco voyait, tout au fond de l'ample sillon de l'eau, le moulin de Roquemengarde. Soudain, il entendit un pas fureteur dans un fourré de la berge, sur la rive de Pézenas. Il s'avança, croyant un flâneur d'aventure à qui, pour le faire bisquer, il montrerait sa pêche.

Hélas! il reconnut Baquenoi!

Celui-ci n'était revêtu de sa fonction que depuis un mois, et déjà il passait pour le diable, sur son territoire. Brave homme dans l'intimité, honnête et simple, dévoué au prochain, il ne valait pas, au soleil des campagnes, en sa qualité de garde champêtre, les quatre fers d'un âne. Avec lui, pas moyen de plaisanter. Grand et fort, une barbe blanche tombant ainsi qu'un tablier, une blouse bleue retenue par un ceinturon de cuir jaune, la carabine en bandoulière, les culottes de velours retroussées par des guêtres, un vaste chapeau napolitain ombrageant sa face de rustre, il imposait rien que par sa prestance. Du jour où il eut prêté serment devant le tribunal de Béziers, il changea de nature, ce bon drille, ce fainéant qui durant plus de trente années avait été le boute-en-train des mangeurs et des buveurs de Pézenas. Dans les granges, on avait beau lui sourire, lui offrir du vin et des confitures, l'inviter à la table des maîtres, il ne faisait grâce à qui que ce fût, et, persécutant certes les maraudeurs, il se méfiait surtout des fermiers qui emploient des furets à la chasse ou qui posent des pièges, qui dérobent du bois, des fruits ou du fourrage aux terres voisines, quittes à accuser des vagabonds.

Aussi, Patalocco était-il sa bête noire. Un pêcheur de rivière! Un marchand de poissons exempt de patente! Baquenoi voulait le poursuivre sans merci, le ruiner à coups de procès-verbaux. Jamais encore, de ses quatre semaines, il n'avait pu le prendre en flagrant délit. Seulement, ce dimanche matin, le roué était venu dès l'aube explorer la rivière. Et voici que, depuis un quart d'heure, il observait le manège du barquot.

Maintenant, embarrassé dans un fourré, il s'accrochait au tronc sinueux d'un chêne. Attentif, toujours au guet, il ne voyait guère, n'entendait plus rien.

Soudain, dans l'ombre des feuillées et de l'eau, sous des branches qui craquèrent, Patalocco sur son barquot se présenta devant le garde.

— Ah! tu es là?... Hé bé, ça y est... Procès-verbal, et donne-moi ta pêche... Tu ne peux pas nier, je pense?

— Si. Les filets ne sont pas à moi.

— Tu les as donc volés?... Ah! tu te sauves?... Reviens ici!

Patalocco, à tire de rames, s'enfuyait vers la rive d'Aumes.

— Je ne suis plus chez toi, cria-t-il.

— Tu désertes? Té! je te tire un coup de carabine!

Patalocco se frottait la face avec les mains, en réfléchissant. Puis, d'un air paterne, il dit :

— Pas moins, si tu voulais, on pourrait s'entendre.

— Arrive ici d'abord!... Ah! tu as raison de te méfier!... Tu as beau te sauver, je t'ai bel et bien surpris retirant toi-même tes filets de pêche. Tu t'expliqueras un de ces mardis devant M. le juge de paix.

— Hé bé, puisque ça te fait tant plaisir, verbalise!... Seulement, nous nous reverrons avant mardi, j'espère, et nous arrangerons notre affaire.

Et Patalocco remonta tranquillement vers Roquemengarde.

Baquenoi ne le perdait pas de vue. Ayant, lui aussi, regrimpé au-dessus de la berge, il épiait le matelot avec tant d'attention que

parfois il bronchait dans les trous du sentier, parfois il empêtrait sa barbe épaisse dans les lianes et les broussailles.

Le temps se gâtait. Baquenoi le sentit, à un frisson glacé qui le fit tressaillir, ainsi qu'un coup de fouet. Tout en marchant, il considérait le ciel, et avec d'autant plus d'inquiétude qu'il était parti sans parapluie.

En effet, tandis que le soleil escaladait les collines, à droite, posant çà et là comme des empreintes d'énormes mains sanglantes, des vapeurs lourdes, bientôt condensées en nuages, s'élevèrent des noires Cévennes, mirent du désordre jusque dans la lumière rose et embaumée de la plaine. Le soleil trop faible ne put les chasser; ce fut une muraille d'ombre qui lentement s'étendit sur le vert paysage tout à l'heure si gai. Les bosquets frémirent à la brise nerveuse qui poussait, entassait les nuages. La rivière commença de battre, comme le cœur d'une femme éperdue.

Roquemengarde était presque lugubre sous les nuées, dans l'ombre verte de ses grands arbres qui ployaient l'échine au vent de l'orage, en gémissant.

Patalocco avait posé, la veille, son meilleur filet quelques mètres avant le chenal, dans un gouffre, juste à présent sous les yeux du garde qui aurait pu, en descendant la berge, le retirer du bec de sa canne. Heureusement, le garde ne voyait rien. Grave et solennel, immobile entre deux frênes, il épiait son matelot.

Mais la pluie tomba si drue, si serrée, qu'un voile d'eau un moment enveloppa le paysage. Baquenoi, patient, ne bougeait pas d'une semelle.

Patalocco grondait de colère. Soudain, il vit Santou se diriger vers les écluses qu'on fermait en cas d'orage. La vue du domestique fidèle l'enhardit : de nouveau, affrontant tous les périls, il rama droit au chenal.

Sans se gêner, il attacha son barquot au tronc d'un frêne pour que le flot ne pût l'entraîner, et paisiblement il retira son filet magnifique.

Alors, le garde se remua :

— Hé bé, nieras-tu enco re?... Donne-moi ta pêche!...

— Ah! le voleur!... Pour faire régaler ta femme!

Le garde, excédé, se précipita jusqu'au bord de l'eau.

— Gredin! criait-il. Tu es en rébellion

contre l'autorité, tu iras en prison, je le jure!

— Je t'avertis que je vais, en attendant, me réfugier dans une propriété qui ne t'appartient pas.

Patalocco s'approcha du quai, en plein chenal. Après avoir lié sa barque à un anneau de fer, après avoir chargé sur ses épaules sa corbeille de poissons, il rejoignit, sous une des voûtes dorées du moulin, Santou qui riait.

— C'est amusant, disait Santou.

— Pas trop... Tes maîtres sont chez eux ?

— Ils sont partis pour la ville. La pluie a dû les mouiller en route.

— Allons, viens m'abriter dans ta maison.

— Je veux bien. Té! le garde a disparu.

— L'animal! Tu as vu quelle rage!

Ils grimpèrent par le sentier rocailleux vers la cour, entrèrent dans la cuisine. Là, bientôt ne sachant que faire, tandis que dans les champs obscurcis le vent et la pluie se battaient, Patalocco interrogea Santou :

— Pourquoi n'es-tu pas allé à la ville, toi?

— Jérôme dit que je ne suis pas assez bien habillé. Oui, c'est le premier dimanche de ma vie que je manque la messe.

Santou n'osait se plaindre franchement. Il se tenait debout, le visage vers le feu, tel qu'un bœuf fatigué qui baisse la tête.

Alors, l'autre, oubliant déjà le garde champêtre, essaya de pénétrer dans les secrets du moulin.

— Ton maître, insinua-t-il, me paraît décidé au travail. Il a arrangé sa maison admirablement, ma foi, qu'on dirait un palais.

— Oui.

— Il a rudement changé, ce cadet de Guittou que nous avons connu si farandoleur.

— Oui.

— Tu n'as pas l'air trop convaincu?

— Si si!... Au contraire.

— Il ne boit plus?

Santou, emporté par son cœur simple, répondit :

— Il boit toujours, le malheureux.

L'autre se mit à rire. Santou, stupéfait, le considéra.

— Qu'ai-je dit, matelot?

— Si Jérôme boit, il jouera. Roquemengarde ne lui restera pas longtemps.

— Aïe!... Je n'ai pas voulu dire ça.

Jérôme est mon maître : ses braves enfants qui aiment le travail garderont le moulin, surtout Peyrine qui ne craint pas son père.

— Té! je souhaite qu'ils réussissent. Ce sont de vieux amis, tu comprends... A propos, tu ne m'invites pas à boire?...

— Non, sapristi! Si le patron s'apercevait que j'ai touché à sa bouteille!... Hé, oui, je le crains. Où irais-je, s'il me chassait?

— Tu as raison... Ah! té, je m'en vais, puisque l'eau du ciel ne tombe plus.

XI

BONNE PRISE

Patalocco chargea donc sa corbeille sur l'épaule et sortit en trinqueballant, en pataudant parmi les flaques. Les poules, les canards sortaient aussi de leur gîte, à mesure que reparaissait le soleil.

Patalocco traversa la cour, puis le verger. Il allait ouvrir la porte à claire-voie qui barre le chemin du domaine, lorsque Baquenoi surgit d'un bouquet de roseaux, horrible avec sa barbe en désordre et son chapeau ballonné par la pluie :

— Ouais! s'écria Patalocco, stupéfait et titubant sous la corbeille. Crois-tu m'attraper?

— Je l'espère. Il me faut le corps du délit.

— Laisse-moi, avec ton corps!... Veux-tu que je t'offre un joli barbeau?

La clôture les séparait. Baquenoi se gardait bien de la franchir. Tenace autant qu'un piquet, il serait resté là cent ans. Alors, Patalocco déposa la corbeille à ses pieds et se mit à réfléchir :

— Puisque je ne peux m'évader, dit-il, attends-moi une minute... Je reviens.

Il s'esquiva dans la cuisine, où Santou, toujours planté devant le feu, sursauta de frayeur au bruit de l'intrus :

— N'aie pas peur, c'est encore moi... Té! je donne ma pêche à Jérôme. Je veux qu'il soit content.

— Combien ça vaut?

Patalocco, sans répondre, versait sa corbeille sur la table. Puis, l'ayant bourrée de paille et recouverte d'une toile, il repartit.

Baquenoi montait sa faction à la porte de clôture, tout en contemplant la campagne qui se dépouillait de ses ombres, comme une femme au bal se dépouille de son fichu et montre, à la clarté des lustres, sa fraîche peau rose, ses épaules nues, ornées des chaînes d'or qu'ont portées les aïeules à l'époque de leurs fiançailles.

—Allons! maugréa-t-il, marche, Patalocco!

Il fit claquer sur le sol sa canne aussi lourde que la hallebarde du suisse à la paroisse, et Patalocco le suivit docilement, sa corbeille légère sur l'épaule. Le front sous le béret, celui-ci affecta d'abord beaucoup de contrition. Ensuite, il essaya de bavarder :

Devant la loi, j'ai tort, je le confesse... Mais toi, crois-tu que ça va t'enrichir, d'appliquer la loi ?

— J'accomplis mon devoir.

— Tout ça, on ne peut apprécier l'utilité des gardes champêtres que si pendant quelque temps on vous supprimait... On verrait si la campagne ne peut pas vivre sans vous.

— Quel bavard, mon ami! Tu ferais un bon député, tu bavardes pour ne rien dire.

— Hé! un député!... Pourquoi non? Il y en a bien d'autres! Au moins, j'ai un métier, moi!... Té! aux prochaines élections, je me ferai nommer conseiller municipal... Alors, nous verrons si tu oseras me persécuter!

— La loi ne favorise personne. Allons, tu n'as pas honte de me tenir ces raisonnements!

— Pourquoi honte?

— Nous allons traverser Pézenas.

— Hé bé, on se moquera de toi, voilà tout... Voyons, on te connaît trop... Ah! ah!

— Assez, marche! Plus de discours!... Nous voici à la ville.

Ils atteignaient le faubourg, la côte qui gravit le grand pont de Peyne.

La route descend aussitôt sur le Planol, une vaste place inondée de soleil où des bourgeois se promenaient gravement, parmi des enfants qui jouaient au tambourin et des chiens qui dormaient autour des platanes. Les bourgeois allaient par bandes, sans rien dire, sans penser, heureux de vivre dans l'insouciance du dimanche, de respirer le parfum des vignes prochaines, de voir la lumière du sol se poser partout, sur les arbres, sur les toits, sur le clocher dont le coq de fer rouge, comme une fleur de sang, resplendit dans l'espace.

Subitement, à la vue du garde et de Patalocco, ils éclatèrent de rire tous ensemble, les bras ballants :

— Ouais!... Et où tu vas, Patalocco?

— Je n'en sais rien. Demandez à Baque-noi... Je porte mon poisson sur le dos, vous n'en mangerez pas aujourd'hui.

— Ce n'est pas possible!...

Baquenoi releva le front. Essuyant à sa barbe ses mains moites de chaleur, il regarda fixement ces hommes qui s'avançaient avec des airs de provocation et d'ironie. Il ouvrit ses gros bras, fit tournoyer sa longue canne.

— Le premier qui manifeste, je verbalise!... En avant, Patalocco!...

Sous la porte Saint-Jean, le garde défaillit une seconde. Il serra la carabine contre son cœur et dit :

— Diable!... Si j'avais su, nous aurions pris par les ruelles du château... Nous voilà obligés de passer devant Campal, Boipau et Guittou...

— Peuh! que m'importe! Tu vois que je n'ai pas honte... Té! voici justement mon ami Luc Guittounet!...

— C'est mon ami aussi... Seulement, il faut obéir. Marche!

Luc, qui allait chercher de l'eau à la fontaine du Planol, fut abasourdi :

Je ne comprends pas, matelot! s'écria-t-il. Qu'est-ce qui est arrivé?

— Demande-le à Baquenoi... Et ton oncle Jérôme, où est-il?

— A la place des Trois-Six, qu'il se promène!

Agnès, sa cruche à la main, survenait. Elle pâlit un peu d'effroi devant ce garde farouche qui poussait le matelot. Tout alarmée, elle demanda :

— Qu'est-ce qui arrive?... Qu'est-ce qui arrive?...

— Oh! rien... Demande-le à Baquenoi.

Patalocco, sous prétexte de changer sa corbeille d'épaule, s'arrêtait. Luc s'approcha pour l'encourager; et Agnès de même, qui eut le plaisir de se frotter contre son faraud, de partager devant le monde ses sentiments de pitié et de tendresse :

— Marche! grondait le garde.

Patalocco repartit, pendant qu'Agnès et Luc s'en allaient ensemble à la fontaine. Leurs visages, quand ils se retournaient, se touchaient presque : Agnès ahurie et grimaçante; Luc Guittounet bonasse et blanc tel qu'un Pierrot.

Soudain une grande clameur s'éleva de la placette, devant le salon de coiffure.

Campal, qui avait achevé de raser ses pratiques, se reposait sur le banc de Fabarote. Là, en bras de chemise, il taquinait les passants, crachait dans le ruisseau, faisait aboyer les chiens, afin d'agacer un peu ce pauvre Garrigues occupé à malmener ses acheteurs aussi rudement que des ânes qui ne comprennent pas le français. Il guettait l'occasion d'une farce, lorsque l'ami Patalocco dévala du Planol en compagnie de l'austère Baquenoi :

— Té ! cria-t-il... Où vous allez tous les deux ?

Bravement il se leva pour les interrompre au passage, puis avisa la corbeille de poissons sur l'épaule du matelot. Baquenoi l'écartait de son chemin. Alors, Campal, un moment déconcerté, saisit Baquenoi lui-même par les pans de la blouse et le secoua :

— Qué !... Dis, qu'est-ce que tu te crois ? Dis, parce que tu es un morceau de garde champêtre, tu veux empêcher les honnêtes gens de s'amuser ?

— Laisse-nous passer !... Gare ! Veux-tu que je verbalise ?

— Allez ! je n'ai pas peur... Nous sommes dans ma rue.

Justement, on sortait de la messe de onze heures, la messe des petits bourgeois cossus et tranquilles. Ils s'indignèrent d'une telle bataille en pleine ville, et, se plaignant que la police fût toujours si mal organisée, n'osèrent plus avancer. Du peuple, des travailleurs en blouse qui vont rencontrer leurs femmes à la porte de l'église, s'arrêtaient également dans la placette. Bientôt, ils sautèrent tous ensemble, dansèrent la farandole autour du garde et de Patalocco. Celui-ci serrait précieusement sa corbeille entre les genoux.

La cohue des travailleurs, en farandolant, heurta d'un flot compact le garde, qui, tel qu'un roc, bravait l'orage. On l'eût peut-être outragé jusqu'à le dépouiller de sa carabine, sans l'intervention d'un sergent de ville. Celui-ci, par extraordinaire, apparaissait au coin de la rue des Commandeurs.

Alors, les Campal rentrèrent chez eux. Le peuple sournoisement glissa le long des murs, se dispersa dans les ruelles voisines. Et le garde, délivré, aperçut, là-haut, plus haut que la maison des Guittou, Patalocco gagnant de son propre gré le chemin de la mairie :

— C'est bon, grommela-t-il.

Il rangea sa blouse, son chapeau, et partit gravement, sous la protection de l'agent de police.

— Les petits bourgeois ne tremblaient plus

à pas lents et doux, ils s'écoulèrent vers le Planol, où, selon la tradition, les notables accomplissent, chaque dimanche, un tour de promenade avant le dîner.

Agnès et Luc revenaient fraternellement de la fontaine. Déjà leur amitié étonnait le quartier. Seulement, on n'osait pas les taquiner, on se réservait avec sagesse, de peur de tracasser Guittou, un homme si raisonnable et qui, sans doute, ignorait la fredaine de son fils.

XII

LE DÉPART DE LA CARAVANE

Le lendemain, de très bonne heure, avant le réveil de Pézenas, la rue Saint-Jean s'agita ainsi qu'un navire partant pour l'Amérique. Le froid de la nuit persistait encore entre les maisons bleues et blanches de l'aube. Le soleil ne touchait même pas le coq rouge du clocher, dans l'espace, au-dessus de la maison des Guittou.

Les Guittou, justement, se croyaient les premiers à ouvrir leur porte. Mais Campal avait ouvert la sienne, ainsi que Boipau, lequel, ayant achevé de pétrir pour la journée, s'était déjà présenté dans le salon de coiffure avec un tas de pains sur les bras. Rosette, au fond de la cuisine, arrangeait son pot d'*étouffé*, du bœuf longuement bouilli dans l'ail et le vin, et dont le gras parfum de laurier et de graisse la faisait suer.

Luc, en enfilant sa veste qui offrait toujours un peu de difficulté à cause de la bosse, s'avança vers le ruisseau pour guetter la sortie d'Agnès.

Son père, un sage qui n'abandonnait rien à l'imprévu, s'était attablé dans la cuisine. Il bourrait sa pipe, pendant qu'un oignon trempait dans l'huile, sur la table.

Soulayrol ne s'était pas encore montré. C'est qu'il préparait, lui aussi, son panier de gâteaux, les meringues et les petits pâtés invendus des jours précédents. D'ailleurs, Soulayrol ne se pressait jamais. Même au travail devant son four, il sifflotait ou cherchait des rimes pour ses poésies, quand il ne mangeait pas, grand mangeur, en effet, bien qu'aussi maigre qu'un cent de clous. Enfin, il ouvrit sa porte.

Au même instant, Fabarote ouvrait la sienne : Fabarote déjà coiffée de sa casquette, toujours si lent, si méthodique, qu'il lui fallait le double de temps pour respirer. Ne devait-il pas chaque matin se lever à cette heure d'aube pour mettre en branle son petit commerce ? Rouge et reluisant, embarrassé dans sa veste de drap, il exhalait l'odeur aigrelette de la boutique et de la cuisine, l'odeur de la colle et de la peinture.

Campal, d'un saut, tel qu'un grillon, surgit de sa boutique. Fabarote ne pouvait pas respirer tranquille une seconde.

— Hé bé, vieux camarade, tu as du courage, ce matin ? Nous allons faire notre lundi de Pentecôte !

— Je ne sais pas si le temps sera beau... Pardi ! je ne demande pas mieux que de vous accompagner...

— Tu ne viens pas ?

— Je ne sais pas encore... Car, tu comprends, mon ami...

— Nous t'invitons, emplâtre !... Tu n'auras rien à payer...

Campal le laissa bafouiller, et, sautillant de l'autre côté du ruisseau, jusque sous la fenêtre de Durante, il se mit à crier, les mains en porte-voix :

— Ouais, Durante !... Tu dors ?... Toujours donc l'oreille sur l'oreiller ! Durante, on t'espère, dépêche-toi !... Boipau est prêt !...

Boipau et Rosette apportaient dans la rue, avec mille précautions, le pesant panier chargé du pain et du pot de l'*étouffé*. Fabarote s'empressa pour les aider, tendant les bras, cherchant à attraper une anse qu'il ne trouvait pas.

Alors, on vit déboucher de la ruelle de la Poissonnerie, qui longe le four et les caves de son magasin, le maigre Soulayrol et son fardeau de petits pâtés.

— Ah ! ah ! nous voilà !... salua-t-il. Santou n'est pas encore rendu ?

— Non !... Et Durante qui n'est pas habillée ! C'est toujours la même chose. Elle dort pendant douze heures ; puis elle nous racontera que des cauchemars la troublent... A qui diable peut-elle songer ?... Peut-être à sa cousine de Gabian qui caresse son héritage.

— Ah ! protesta Boipau. L'héritage de Durante ! Elle n'est pas vieille, elle a le temps de jouir de son héritage, Dieu merci !

— Boipau, foi de Campal, tu n'es pas dégoûté.

— Quoi ! tu m'injuries ce matin !...

Boipau, les bras croisés, remua son front avec colère. Mais autour de lui on riait, surtout Fabarote qui tâchait maintenant de prouver son enthousiasme.

Agnès apparaissait à chaque instant sur sa porte, le temps d'examiner si Luc ne descendait pas. Elle avait beaucoup de besogne : balayer, apprêter le déjeuner de ses patrons, ordonner tout son ménage. Une fois qu'elle épiait du côté de l'église, une rougeur soudaine lui monta au visage, elle poussa un cri :

— Les voilà !...

Les Guittou descendaient chez Campal, au lieu du rendez-vous. Comme ils étaient, en somme, les maîtres de Roquemengarde, ils ne contribuaient pas aux provisions du festin, et ils marchaient les mains vides, le père fumant la pipe, le fils balançant ses longs bras. Ils soupiraient, repus d'oignon à l'huile, bouffis dans leur veste d'alpaga, dans leurs culottes de toile grise.

— Bonjour, salua Guittou. Hé bé, ça marche ?

— Tout est prêt, répondit Rosette. Nous n'attendons plus que Santou et nos deux demoiselles.

— Oh ! Agnès, je la pardonne, parce qu'elle a beaucoup de travail. Mais Durante !...

Durante, justement, apparut au seuil de la maison.

— Qui vient m'aider à chercher du bon vin dans ma cave ? demanda-t-elle.

— Moi ! moi !

Boipau accourut précipitamment.

— Ne restez pas trop longtemps ensemble, fit Campal.

On s'arrêta net de plaisanter à cause d'Agnès qui s'avançait, parée en demoiselle, une broche de cuivre au corsage, un gros ruban bleu à son bonnet de lingerie. Derrière elle, son patron, levé plus tôt que de coutume, s'étirait encore, se frottait les yeux. Alors, Campal et toute la bande sautèrent le ruisseau pour aller l'inviter à se rendre au moulin dans l'après-midi, ce pauvre qui ne voyait pas la campagne deux fois l'an.

Agnès, cependant, se reposa en compagnie de Rosette sur le banc de Fabarote, de sorte que les deux femmes semblèrent garder Guittou net au milieu. Seulement, Agnès s'approchait beaucoup du jeune homme, comme une chevrette heureuse qui, dans le pâturage, tressaille d'appétit.

— Il te tarde de partir, Luc ? demanda-t-elle. Nous nous donnerons le bras, si tu veux... Je me mettrai près de toi, à table?...

— Alors, tu veux donc que tu me plaises?

— Que tu es bête! Nous sommes de la ville et du même quartier, toi et moi. C'est si agréable de vivre à deux quand on est jeune.

— On le dit... je ne l'ai jamais expérimenté.

Ils éclatèrent de rire, un peu confus, un peu moqueurs l'un de l'autre. Même Agnès buta d'un coup d'épaule Luc Guittounet: le choc de la bosse retentit contre Rosette qui guettait là-bas, sous la porte Saint-Jean, l'apparition de Santou. Rosette, dans le désir d'avoir de la joie jusqu'au soir, songeait profond et dédaignait ces farauds de trente ans ignorants des jeux de leur âge. Pourtant, ma foi, Luc Guittounet lui avait manqué de respect; elle se fâcha tout rouge, avec de l'orgueil:

— Quand vous aurez fini de jouer comme des ânes qui se frottent de la croupe!

— Rosette, tu n'es pas polie.

— Toi, Luc, encore passe! Tu es un homme, tu ne recherches que l'amusement... Mais Agnès, à son âge!

A l'instant, les hommes disparaissaient dans le magasin des Garrigues, où celui-ci les invita à prendre une cerise à l'eau-de-vie pour tuer le ver du matin qui ronge l'estomac. Alors, Agnès, délivrée de la surveillance de son patron, s'enhardit auprès de Luc, et d'autant plus que Rosette, impatiente, s'en allait voir sur le Planol si Santou n'arrivait pas. Elle glissa son bras sur le dos du camarade, s'abandonna languissamment, avec mélancolie.

— Mon Dieu, oui, dit Luc, je devine bien tes idées... Mais il faut qu'une femme ait le diable au corps pour s'imaginer qu'elle séduira mon père.

— Je me charge de le séduire. Je tiens le ménage important des Garrigues, je puis tenir celui des Guittou.

— Sans doute... Hé bé, vois-tu, ne compromettons rien par des imprudences. Moi, à la vérité, je ne pensais au mariage que de loin... Mais mon père a peur des femmes dans sa maison. Il dit qu'il faut se méfier, qu'elles sont du vent qui d'abord vous caresse, qui sème la tempête ensuite...

Agnès inclina le front, un moment de tristesse, et répliqua:

— Ah! mon Dieu! vivre avec toi, dans une boutique!...

Elle l'étreignit jalousement, de toute la force de son corps. L'autre vite se débattit.

— Ah! vois-tu... Si mon père venait... Tu me serres trop fort...

— Hé bé, quoi!... Je suis une honnête fille.

— Sans doute: sinon, je ne t'écouterais pas... Mon père aime les natures calmes.

— Enfin, pourvu que je te plaise!...

Les hommes sortaient de chez Garrigues en se frottant les lèvres. En même temps, Durante sortait de son magasin, précédée de Boipau, munis tous deux de bouteilles poudreuses, et très émus, la figure rouge, lui les manches retroussées, elle la coiffe de travers.

Rosette revenait du Planol en courant:

— Santou qui arrive!...

Santou apparut, monté sur son âne qui d'un pas indolent longeait le ruisseau.

— Me voilà!... Me voilà, camarades! Je ne suis pas en retard, c'est vous qui êtes à l'avance.

Six heures sonnèrent au clocher, à l'horloge municipale dont l'énorme voix se répercute jusqu'à Roquemengarde, par le vent du sud. L'âne, devant le remue-ménage de tant de monde, s'arrêta de lui-même auprès de Rosette. Vite, on rangea dans les corbeilles les paniers de victuailles, les bouteilles, les longues flûtes de pain, les torches résineuses pour le retour du soir.

Des fenêtres s'entr'ouvrirent au voisinage: des têtes mal chevelues émergèrent, congestionnées de sommeil, ahuries et curieuses, les unes en coiffes aux brides dénouées, les autres en bonnettes surmontées d'un pompon. Elles ricanaient, par envie peut-être.

— Il ne nous manque plus, dit Campal, que le tambour de Pantouket.

Santou fit tourner son Jacquounel. On partit d'un pas alerte et gai.

— Adieu, Garrigues!... Adieu, Valadier!... Adieu, Beaumou!... Adieu à tous!... A ce soir!...

La terre se ranimait aux rayons de l'aurore. L'horizon flambait encore, du côté de la mer. A l'occident, sur la barre verte des Cévennes, des fumées épaisses s'élevaient, pareilles aux fumées d'une cité d'usines. Sur les collines prochaines régnait l'azur très pâle imprégné lentement d'une lueur rose, qui détaillait les arbres jusqu'à la cime, et les lambeaux de tuiles arrachées, les brins d'herbes sur les toits. La terre, odorante comme un fruit, murmurait confusément.

L'Hérault grondait dans son lit profond,

sous les peupliers et les roseaux. Des sentiers, entre des cultures, au milieu d'un pré, tiraient droit, roses de lumière, larges pour les pieds des paysans. Parfois, deux petits oiseaux s'y rencontraient : dégourdis et peureux, ils s'épiaient en frétillant, puis, espiègles, s'esquivaient chacun de son côté.

Les blés montaient généreusement, dorés et fiers. Guittou les admirait comme sa richesse, la richesse du moulin.

— Tout nous sourit, dit-il. La récolte sera bonne.

— Quel malheur, observa Soulayrol, que les amoureux se couchent au milieu des blés le dimanche !

— Il faut bien se coucher quelque part.

Et Boipau observait Durante en souriant. La vieille demoiselle souriait aussi.

On entendait sous les luzernes froufrouter des cailles en chasse d'amour : lorsque l'une d'elles, effrayée par la troupe en goguette, s'envolait en jetant son monotone palbaba, Campal simulait le geste d'épauler un fusil. Ses gesticulations importunaient Guittou, et Rosette aussi, qui suivait le maître. Fabarote ne se pressait guère, si content de se remplir les yeux de ciel et de verdure qu'il relevait à chaque instant sa casquette. Guittounet, les bras ballants, riait aux plaisanteries qu'Agnès lui murmurait à l'oreille, aux soubresauts dont elle le secouait brusquement de son corps radieux.

Ainsi, à la queue leu leu, ils allaient par le sentier rougeâtre qui tantôt au flanc du talus monte vers les champs, tantôt descend au niveau du chemin, où Santou bourrait Jacquounel de coups de poing qui leur semblaient à tous deux des caresses. Seul, Soulayrol s'égarait par les sentiers roses des cultures, en proclamant aux vignes ses poésies.

Le chemin, se creusant davantage, obliquait vers l'Hérault. Avant d'arriver à ce coude, Jacquounel s'arrêta, écarquilla ses pattes bien à l'aise, et longuement il renouvela une flaque où d'habitude il déposait son fumier. Après quoi, il fit une pétarade et repartit. Toute la troupe, même le majestueux Guittou, se divertit du sans-gêne de Jacquounel, tandis que Santou, docile aux manières de sa bête, de nouveau se balançait gravement sur le bât.

— Hé ! lui cria Campal, tu as bien mal élevé ton camarade. Il nous a provoqués, sais-tu !...

— Il est très propre, au contraire, puisqu'il ne veut pas salir son écurie.

XIII

Au détour du chemin, on vit Jérôme qui accourait avec joie :

— Hé bé donc ! vous ne vous pressez guère !

Santou, dès l'arrivée de Jérôme, s'était réfugié de l'autre côté de l'âne, à l'abri. Pourquoi craignait-il si obstinément son meunier ? Il ne savait pas bien. Mais lui qui avait aimé tous ses maîtres comme les bêtes aiment le foin, il n'accordait aucune confiance en celui-ci ; il évitait de le regarder en face pour ne pas éprouver de la peine.

Jérôme, à la vérité, affectait des attitudes d'homme important et fortuné. Il ne touchait même pas la main de son frère, lequel, s'étant approché le premier, lui demanda :

— Et Peyrine ? et Claude ?

— Ils balayent la cour.

— Est-ce qu'ils s'imaginent, dit Luc, que nous allons faire bal ?

Dans la cour, Claude et Peyrine balayaient d'un égal entrain. Ils s'arrêtèrent pour accueillir les amis de Roquemengarde. Et adieu !... et adieu !... Les femmes s'embrassèrent. Luc voulut embrasser sa cousine, au grand dépit d'Agnès, dont les yeux verts comme des amandes fraîches se mouillaient un peu. D'ailleurs, Peyrine plaisait tout à coup, on ne pouvait pas le nier. Grande et mince, les pieds nus dans des sabots neufs, une jupe aussi légère qu'un feuillage, les seins fermes sous le corsage dénoué jusqu'à mi-gorge, elle essuya de son bras nu la sueur de ses joues et de son front. Claude l'admirait béatement, comme une image.

Cependant, Santou, sous la surveillance de son meunier, avait conduit Jacquounel jusqu'à la porte de la cuisine où Guittou, impatient de vérifier l'installation, était entré royalement.

— Ouais, Peyrine ! appela Jérôme. Viens débarrasser notre âne !...

Peyrine et Claude accoururent, suivis d'Agnès, qui désirait travailler aussi, afin de montrer son dévouement et son savoir-faire.

Rosette, malgré sa bonne volonté, ne pouvait plus bouger. Moite, lourde dans ses vêtements surchauffés, elle s'affaissa sur le tronc d'arbre, à l'ombre du mûrier vénérable : les camarades, l'un après l'autre, l'imitèrent. Ils soufflaient, secouaient leurs bras et leurs jambes, rouges de plus en plus, si las qu'ils ne parlaient point. Durante dénoua les brides de sa coiffe à dentelles ; puis, du coin de son mouchoir blanc, elle épongea son cou ridé. Boipau frottait ses gros bras roses avec vigueur, comme lorsqu'il venait de pétrir ; Rosette s'éventait d'un lambeau de sa robe. Fabarote lui-même ne redouta point de s'enrhumer : ôtant sa casquette, il exhiba ses cheveux blancs à l'ombre, aux menues flèches dorées du soleil qui perçaient çà et là le branchage touffu. Guittounet faisait le gros dos, ses mains traînant sur le sol.

Cette grande maison en imposait par son air d'aisance et de fierté. Ils songèrent combien grave pour la destinée de Jérôme et celle de ses enfants allait s'ouvrir cette saison d'été ; combien c'était beau de la part de Guittou d'avoir joué son argent et sa considération sur le sort du cadet. Ils n'osaient dire tout haut leurs impressions, à cause de Guittounet.

— Hé bé ! fit Campal, que devenons-nous ?

Mais Soulayrol revenait, portant une cueillette de genêts et de coquelicots. Pour la lier en bouquet, il s'assit à même le sol, devant les camarades, et dit, le glorieux :

— Je ne suis pas fatigué du tout, moi.

Il suait, la figure en feu, les mains déchirées par les broussailles.

— Où est Peyrine ?... Je lui offrirai mon bouquet... Té ! la voilà !...

Sans se lever, il tendit à la jeune femme ses fleurs champêtres :

— Prends-les, elles sentent bon... Et alors, comment tu vas ?

— Je viens d'exposer le fricot sur la table de la cuisine... Té !... quelle mangeaille !... Ah ! en attendant, je rejoins mon mari et Agnès qui allument le feu pour faire bouillir la soupe, à la montagnarde et réchauffer l'étouffé des Campal.

— Moi, déclara Rosette, je ne m'occupe de rien. Tu me le permets, Peyrine ?

— Pardi ! toi et Durante, vous êtes invitées... Agnès travaille, parce que ça lui plaît. Même si vous avez besoin de manger un morceau, ne vous gênez pas.

— Non, non, merci... Té ! nous descendons à la rivière voir le moulin.

Là-bas, ils admirèrent les meules, les écluses, le quai du chenal replâtré de neuf, la digue où les flots glissaient comme des anguilles. Guittounet, avec une sorte de fatuité, indiquait le prix de chaque chose, l'argent que son père avait consacré à quelques réparations.

Ensuite, ils s'assirent sur le quai, les jambes pendantes, à regarder les poissons se promener dans le chenal limpide. Bientôt ils pensèrent à Patalocco.

— Pourquoi ne vient-il pas, notre matelot ?

— Oh ! il doit poser ses filets de pêche !...

Campal, dans une émotion de jeunesse, s'appuyait aux épaules de son épouse. Fabarote fermait à demi ses paupières, ainsi que Durante qui n'avait pas suffisamment dormi. Boipau, pour courtiser la riche demoiselle, écartait de son visage les mouches et les papillons, pendant que Soulayrol fredonnait une de ses poésies et que Guittounet, le front baissé, songeait aux chaussures qu'il avait rapiécées à la même heure, la veille.

Là-haut, Jérôme grondait contre Santou, en train d'arroser la cour.

— Grand animal !... Dépêche-toi !... Il te faut aider Peyrine et Claude à couper du bois !...

— Oui, Jérôme, je me dépêche !...

Santou vidait son arrosoir, courait le remplir à l'auge, s'empressait, toujours dans ses sabots. Jérôme, pourtant, n'était jamais satisfait : il ne faisait que crier, et tellement que Guittou, exaspéré, s'avança sur la porte de la cuisine pour le corriger :

— Jérôme, tu conduis très mal tes domestiques. Les bêtes qu'on maltraite travaillent mal. A plus forte raison les hommes.

— Santou est pire qu'une bête.

— Ah ! mon Dieu ! tu ne te souviens donc pas de tes promesses ?

Guittou, soufflant dans sa corpulence, descendit au milieu de la cour et tira son cadet par le bras, dans un coin :

— Tu ne comprends pas, lui dit-il, que cet homme adore ta maison et qu'il ne te coûte rien ? Je suis désespéré que tu n'aies pas changé.

— Laisse-moi, ça ne te regarde pas. Tu n'es pas mon maître, puisque tu n'es pas seul à m'avoir prêté l'argent !...

— Hein !... Que signifie ?... Tu ne medois rien ?... Ah! té! Je préfère dédaigner tes injures. Malgré tout, je tiens à toi et à tes enfants... Je t'avertis de ne pas maltraiter Santou. Car, un jour, il peut se révolter.

— Lui, se révolter ?... Tu perds la tête, Guittou.

— Un soir, il peut brûler la maison... Cela s'est vu, des domestiques sans idée que la méchanceté des maîtres pousse au mal.

— Ah!... Tout de même...

Jérôme, interloqué, regarda en dessous l'humble valet qui, dans sa précipitation, se mouillait les pieds et les jambes. Tout à coup, de mauvaise humeur, il s'emporta contre lui-même :

— Ah! ce diable de sang qui m'empoisonne la cervelle!... J'ai beau me raisonner, la méchanceté me revient sans que j'y pense... Ah! Guittou, toi, tu es si sage et si tranquille : on ne dirait pas que nous sommes frères.

— Allons, tu n'es plus jeune! calme-toi.

— Ce poison du sang du diable! Té! il vaudrait mieux que je me tue!

— Bah! des enfantillages!

Guittou essayait des consolations. Mais l'autre, impétueux, s'évada dans la cuisine où Agnès en tablier lavait des assiettes. Il cria de nouveau :

— Je ne veux plus rien faire, rien surveiller. Ah! que Patalocco est heureux de vivre seul sur sa rivière! Je l'envie... Si j'avais une barque, moi aussi, je n'embarrasserais plus personne.

— Une barque! Maintenant il veut une barque!

Guittou, suffoqué davantage, avait suivi son cadet dans la cuisine.

Santou considérait avec étonnement ce tapage. Il regarda la maison cossue où certes on avait connu des fainéants, des ivrognes, des avares. Jérôme était le premier fou qu'on y voyait. Un moment, il entendit braire Jacquounel dans l'écurie : cela lui fit du plaisir, de même qu'aux amoureux le chant du rossignol; il se mit à rire.

Puis, il regarda passer les jeunes époux, Claude portant presque tout le fardeau de bois sur les épaules, Peyrine un sarment sous le bras. Le valet, auprès d'eux, se sentait en sécurité, comme si pareillement ils eussent été des domestiques. Ah! si Jérôme tombait jamais dans le trou d'une écluse, pour y mourir, on n'entendrait plus d'orage au moulin.

— Hé bé, Santou, lui dit Peyrine, tu travailles?

— Un peu.

Elle s'éloignait, balançant les hanches, montrant à tout le monde ses bras nus et ses mollets. Alors, Santou songea que sans doute, s'il avait autrefois rencontré pour l'épouser une femme aussi agréable, il n'aurait pas vieilli si vite. En songeant, il languit à la besogne. Le souvenir des menaces de Jérôme s'était dissipé déjà. Oh! la créature plus soumise que la terre aux caprices de son maître! Tout bon comme un rayon de soleil, il ignorait son humanité peut-être, il se réjouissait des bontés d'autrui de même que la plante se réjouit de l'eau qui coule à ses pieds. Aurait-il jamais un élan de révolte? Hé! Jacquounel, une fois, s'était bien insurgé contre un meunier qui le battait sans mesure.

Lorsqu'il eut achevé d'arroser la cour, Santou retourna dans l'écurie, auprès de Jacquounel.

Le silence, dans le paysage, parut plus grand.

Parfois, la maison semblait inhabitée. Agnès, en besognant, ne menait aucun bruit. Guittou finit par remarquer cette servante assidue, attentionnée à l'ordre et à la propreté de la vaisselle qu'elle disposait sur la table.

— Vraiment, lui dit-il, tu es une ménagère modèle. Je comprends que les Garrigues te gardent depuis dix ans.

Agnès souriait en rougissant, le visage plein de petites rides.

— Oui, répondit-elle, le travail m'amuse. J'aime que les maisons soient jolies comme des bijoux... Ah! si jamais j'en possède une!

Guittou, qu'on tenait à l'abri des commérages, ne saisit pas l'allusion. Aussi, sans le vouloir, il l'encouragea :

— Tu n'es pas si âgée, ma fille, pour désespérer... Qui sait ce que le destin te réserve!

— Ah! oui.

La drôle, en domestique méfiante, craignit de se tromper, de contrarier par de nouvelles paroles l'espoir nouveau qui lui venait. Guittou, immobile, se tut. Il se chauffait comme en hiver devant le feu, la canne entre les jambes, la pipe vide au coin de la bouche. Il s'ennuyait un peu. Mon Dieu, que la journée serait longue! Il lui tardait de manger pour s'occuper. En attendant, il bâillait.

Là-bas, les camarades bâillaient aussi, au bord de l'eau.

Brusquement, dans la paix profonde de la rivière, ils entendirent un cri d'appel.

— Patalocco!... C'est lui!

Patalocco, sur sa barque, remontait le courant. Il ôta son béret pour dire bonjour.

— Hé bé! hé bé! Je pense que nous t'espérons!...

Tous les camarades, debout sur le quai, gesticulaient. A peine Patalocco eut-il attaché son barquot à l'anneau du chenal qu'on le hissa, lui et sa corbeille de pêche; on le fit monter dans la cour en chantant.

Dans la cuisine, il serra d'abord la main de son ami Guittou, puis, en verve de gaieté, caressa le dos de Mlle Agnès, qui minaudait à cause de Luc.

— Tu te moques pas mal de ma rivière, hé! toi qui prépares tant de fricasse? Hé bé! ma rivière n'a rien rendu, rien de rien. Je ne sais pas ce que nous offrirons à Baquenoi, quand il passera le long du moulin. Ah! ce Baquenoi, tout de même, on dirait un empereur...

— Ce n'est pas tout, interrompit Boipau. Si nous dressions le couvert?

XIV

LE FESTIN

Dans la cour, à l'ombre du mûrier, on cloua des planches sur des pieux. On apporta les bancs de la cuisine, et les hommes, pour se rafraîchir, commencèrent à boire l'absinthe.

Agnès survint. Elle trottinait, dégourdie et charmante, en son tablier maculé de sang et trempé de sauce.

— Hé bé! cria-t-elle. Ah! Rosette, quel plat d'*étouffé* tu nous as donné!

Elle s'insinuait auprès de Guittounet. Celui-ci, pourtant, la négligeait de nouveau. Car son verre d'absinthe l'hypnotisait, le hantait avec une sorte de terreur et de la joie tout ensemble.

— Quelle travailleuse, cette Agnès! murmura Boipau.

— Té! fit Rosette. Elle peut bien se marier avec Santou!

Le domestique s'avançait, lourdaud, stupéfait qu'on osât s'attabler de si bonne heure. Il refusa, comme une femme, sa part d'absinthe, lui qui ne s'abreuvait que d'eau, parfois coupée de vin. Mais Claude ne refusa point, ni Peyrine. Par exemple, la bravoure de la jeune meunière égaya les hommes, scandalisa presque Rosette et Durante.

Jérôme, dans l'orgueil de la fête, se pavanait. Il remonta son pantalon autour des reins, d'une secousse gaillarde. Puis, une main appuyée sur la tête de son neveu, l'autre sur la casquette de Fabarote qui coupait le bout d'un cigare, il se laissa préparer l'apéritif par ce flagorneur de Patalocco.

Enfin, Guittou lui-même, s'étant approché d'un pas endormi, s'humecta les lèvres au verre de son fils. Après quoi, ayant bourré une pipe, il leva sa canne dans le vague.

— J'ai bien une demi-heure de promenade. Je vais par là, dans les environs.

— Une demi-heure, pas davantage, lui dit Agnès.

Il s'éloigna par le chemin creux.

Agnès ne s'était pas vantée. Juste une demi-heure après, on se réunissait autour de la table : Guittou à sa place de chef, entre Durante à qui Boipau rompait le pain déjà, et Rosette qui s'acharnait à nouer fortement sa serviette au cou, bien que Fabarote, son voisin, lui répétât qu'une telle enveloppe de toile incommodait la digestion. Campal, toujours frétillant, regardait Claude à l'autre bout de la table.

Jérôme, en face de son frère, le buste droit, les poings immobiles, dominait son neveu Luc qui aiguisait son couteau contre celui d'Agnès, et Patalocco qui ébouriffait ses larges favoris avec fanfaronnade. Soulayrol, placé entre Campal et Patalocco, regardait Peyrine en face : cette jolie Peyrine, pour l'instant si occupée de son mari, de son Claude fin et blond comme l'Enfant Jésus, qu'elle tournait presque le dos au boulanger.

D'un bout de la table à l'autre, on avait répandu le hors-d'œuvre, des oignons, de l'ail, des paquets de radis, des olives, des petits pâtés, du sel dans des morceaux de papier. Dans des seaux d'eau, trempaient les litres de vin, par terre, à côté de Jérôme, à côté de Claude et de Campal.

Toutes les mains, avides, dépouillaient le hors-d'œuvre. Les poules s'aventurèrent bientôt autour des convives, parmi les miettes de pain et les épluchures. Seule, Agnès ne mangeait guère, toute remplie par ses soucis d'amour, attentive à saisir sous la table les pieds de Guittounet. Ce faraud, dans la crainte d'embarrasser, s'écartait chaque fois, se pelotonnait contre Jérôme, même d'une manière si fâcheuse que celui-ci, brutal, le rabroua. Alors, Luc Guittounet abandonna ses pieds à sa voisine, et l'amoureuse servante tressaillit de joie dans tout son corps.

— Tu n'as pas d'appétit, Agnès? lui demanda Guittou. Ah! parbleu! ce qui t'empêche d'en avoir, c'est le feu de la cuisine où tu as tant travaillé!

— Agnès est une demoiselle, ricana Rosette. Elle s'abstient des oignons, parce qu'ils lui feraient sentir la bouche.

On éclata de rire, en tapage, d'un rire qui enflait et empourprait les faces reluisantes.

Vraiment, ils vivaient tous dans la plénitude de l'être, sains et francs. Le jour était créé pour eux, le soleil dans l'espace, l'ombrage du mûrier et des platanes, la chanson de la rivière, la clarté du verger. Ils avaient jusqu'au soir pour manger et boire. Jérôme distribua le vin, deux litres entiers, bien que Durante eût réclamé de l'eau, que Santou s'en fut chercher dans la cruche de la cuisine.

Agnès apporta pieusement, dans une vaste casserole, le gras *étouffé*, ce mets succulent d'hiver, du bœuf qu'on laisse mijoter pendant trois jours au fond d'un pot de cinq à six litres, pêle-mêle avec des oignons, des tomates et du laurier. Chacun vida son assiette par-dessus l'épaule, puis mangea encore.

Claude ne se pressait pas : il découpait les morceaux de viande dans l'assiette de Peyrine, pour enseigner peut-être la civilité à son épouse, sans le dire. Ensuite, se servant de sa fourchette, il manœuvrait avec tant de sagesse qu'il terminait ses portions avant les camarades trop goulus, lesquels étaient parfois obligés de renverser la tête, comme des poules, pour faire passer d'énormes morceaux dans le gosier.

Alors, n'ayant qu'à se reposer, Claude observait son beau-père. Ah! mon Dieu, Jérôme buvait beaucoup. S'il buvait plus que de raison, ne commettrait-il pas ce soir quelque méchanceté, après le départ de la rue Saint-Jean ?... Claude avait toujours peur. Jérôme, en effet, ne pensait qu'à jouir de son ventre, à remplir autour de lui les verres sans relâche, et il riait silencieusement, la bouche pleine, ses gros yeux troubles examinant la tablée avec superbe.

On ne parlait que pour féliciter Rosette de son bœuf à l'*étouffé*. Quel plat! On avait beau tirer, il y en avait toujours. Tout de même, on finit par l'épuiser.

Agnès apporta le poisson, la pêche dont Patalocco avait fait cadeau, la veille, à Roquemengarde. Les carpes, les anguilles et les barbeaux nageaient dans une flaque blanche, une sauce de farine, d'œufs et d'huile. Patalocco lui-même découpa la part de chacun, en stricte justice. Seulement, au milieu du service, cette coquine d'Agnès échangea son assiette contre celle de Guittounet. Celui-ci s'aperçut de la ruse : loin de se fâcher, il abandonna ses pieds davantage sous la table. Quelle victoire pour Agnès! La faim lui revint tout d'un coup. Elle ne cessa de frotter, refrotter avec vigueur l'assiette bien-aimée.

On mangeait plus lentement. Les estomacs commençaient à bien se fournir.

Jérôme levait à chaque instant une bouteille qui ruisselait de l'eau fraîche des grands seaux. Claude en glissa à l'oreille l'observation à Peyrine. Celle-ci aussitôt osa interpeller son père :

— Dis, nous buvons trop.

— Ça ne te regarde pas, ma fille.

Peyrine rougit devant le monde, d'autant plus que son oncle, gagné, lui aussi, par l'entrain glorieux de la fête, lui reprocha de se permettre ainsi des recommandations.

— Ne crains rien, ma fille, lui dit-il. Ton père sait parfaitement qu'aujourd'hui il est son maître et qu'il doit donner l'exemple de la bonne conduite.

Et cet innocent de Guittou s'empiffrait à la suite des autres, au lieu de résister aux tentations du vin.

Les assiettes s'étaient vidées une fois encore. Peyrine, sous le prétexte de soulager Agnès, s'en alla chercher les trois canards dans la cuisine. Seulement, elle ne revint plus. Claude vite s'empressa à son secours. Dans la cuisine, il la trouva qui pleurait, appuyée au manteau de la cheminée, pécaïré! qui pleurait de tout son cœur, comme une enfant.

— Allons, nigaude!... Qu'as-tu donc?

— Je vois rouge... Ce jour ne finira pas bien. Nous pensons trop à la noce avant d'avoir gagné le moindre sou.

— Ah! je le sens aussi... Après tout, si ton père commet une méchanceté, nous partirons d'ici.

— Quél qué!... Que dis-tu?... Partir d'ici?

Peyrine se lamenta de plus belle. Claude, tout badaud, ne sut plus, dans son désarroi, que répondre.

Mais, de la cour, on les rappelait à grands cris. Alors, Peyrine s'essuya les yeux avec un bout de sa jupe; Claude, pour dissiper sa tristesse, se frotta le visage avec les mains. Ils sortirent ensemble, se présentèrent à la hâte, en s'efforçant de rire.

Fabarote et Soulayrol découpèrent les canards : Fabarote avec ses gestes cérémonieux de peintre, Soulayrol avec ses gestes gourmands de pâtissier et de poète. Jérôme cependant, bourru, les coudes sur la table, considérait son frère.

Tandis qu'on savourait les canards rôtis à la broche, les roseaux du verger, au bord de la rivière, frémirent. On vit apparaître le garde Baquenoi, solennel, sa barbe blanche étalée sur sa blouse, la carabine à l'épaule.

— Viens ici! lui cria Patalocco. Viens goûter les meringues de Soulayrol, et surtout les anguilles de notre rivière.

Baquenoi, sans répliquer, se reposa dédaigneusement sous un figuier, dans l'herbe du pré, à la limite du domaine, et tourné de telle sorte que son regard embrassait la tablée, la cour et la maison.

— Est-ce qu'il vient nous surveiller? grommela Jérôme. S'il veut s'asseoir à ma table en bon camarade, je lui trouverai une place, pardi!...

— Je n'ai rien contre toi! lui répondit le garde. Voyons, que diraient M. le maire et toute la population de Pézenas, si je m'attablais à côté de Patalocco contre qui la veille j'ai verbalisé?...

— A ton aise!... riposta le matelot. Verbalise!... Je conserve mes engins de pêche et mon barquot, malgré toi.

— Tu ne les conserveras pas toujours.

Baquenoi, le menton sur les poings, souriait de malice.

Il était venu surveiller véritablement ces braves compères et commères, qui peut-être, après le repas, s'en iraient dormir dans les luzernes d'autrui. Gare, s'il les surprenait! Il leur ferait payer cher l'amitié de Patalocco. En attendant, il avait aussi chaud qu'un canard à la broche, et ce n'est pas le feuillage transparent du figuier qui pouvait le protéger du soleil. Devant cette tablée heureuse, il souffrait de la faim et de la soif, comme un grillon dans un blé où il n'a pas plu depuis un mois.

Autour de Jérôme, on ne soupçonnait certes pas que le garde eût la force de penser. Tout le travail était d'achever les restes des volailles et de boire. Rosette, suant la fièvre, retroussa ses manches. Durante souleva un peu sa jupe sur les genoux, sans se douter que Santou pouvait, sous la table, apercevoir ses mollets. Mais Santou, ça ne signifiait rien. C'est elle justement qui lui parla, hardie:

— Santou! va prendre mon vin pour le dessert!

Soulayrol ajouta:

— Tu prendras aussi mes gâteaux... Et ne les brise pas!

— Et en avant deux!... s'écria Campal qui, les bras en l'air, gigotait sur sa chaise.

Patalocco fit sauter son béret et le rattrapa fort adroitement sur la tête. Guittou riait; Jérôme aussi, les poings à la bouche. Luc, au contraire, tenait son sérieux, comme s'il se fût trop gorgé. C'est qu'Agnès le caressait sous la table et le pinçait aux jambes.

Santou apporta entre ses bras, doucement, le panier de Soulayrol et les bouteilles de Durante. Jérôme d'une poussée généreuse versa le panier sur la table : toutes les mains aussitôt, de même qu'au début, sur le hors-d'œuvre, s'abattirent ensemble sur les meringues et les choux à la crème. Boipau déboucha les bouteilles que Durante avait pendant vingt ans respectées au meilleur coin de sa cave. Et le vin brilla dans les verres, doré comme les ailes des cigales, clair comme du cristal.

Baquenoi souffrit davantage. Personne ne faisait attention à lui, pas même Patalocco. La soif le dévorait. Pourtant, ces bons vivants, à l'ombre du mûrier, étaient repus : les mains inertes, ils se regardaient en souriant, en se léchant les lèvres.

Seul, Soulayrol eut le courage de parler, pendant qu'Agnès et Peyrine préparaient le café dans la cuisine.

— Écoutez, dit-il. C'est bien le moment de raconter des histoires, ou, si vous aimez mieux, des galéjades, comme on dit en Pro-

vence, des majades, comme on dit à Pézenas.
Tenez! voilà Santou qui ronfle comme un
sapeur sur le tronc d'arbre... Savez-vous ce
qu'il fit un jour? Son maître, qu'il était allé
réveiller, un matin, lui commanda d'ouvrir
la fenêtre et de le renseigner sur la couleur
du temps. Santou se trompa: au lieu d'ouvrir
la fenêtre, il ouvrit le buffet des provisions,
y fourra sa tête, et dans l'obscurité de la cuisine, il répondit : — Mon Dieu, que le ciel
est obscur!... Mais que le temps pue à fromage!...

— Oh! Santou! Santou!...

— Un soir d'été, à Pézenas, avant de rentrer au moulin, il mena boire Jacquounel à
l'abreuvoir du Planol. Des nuages couraient
dans le ciel, la lune blanche était déjà en
chemin... Jacquounel s'abreuvait lentement,
pendant que Santou lui sifflait un refrain.
La lune soudain se mira dans l'eau claire;
seulement, presque aussitôt un nuage malicieux l'enveloppa si bien dans son ombre
qu'elle disparut. Et Santou, levant les bras,
cria aux rouliers qui tenaient des chevaux
près de lui : — Mon Dieu!... Bé!... Jacquounel qui vient de boire la lune!...

— Oh! par exemple!... la lune de Jacquounel!...

On riait, on cognait la table du front et
des poings. Dans le brouhaha, Durante et
Boipau, tels que deux chênes bouleversés par
la tempête, se heurtèrent.

Fabarote déboutonna son gilet: les hommes
l'imitèrent. Rosette déboutonna son abondant
corsage; Durante aussi, n'ayant plus de
honte, découvrit un bout de sa gorge qui
était ridée, pécaïré! jaune comme un coing.
Boipau reluquait la vieille demoiselle : il
inspectait plutôt sa robe, son collier d'or,
supputait combien de fortune le père Durand
avait dû léguer à son héritière.

Enfin, le café mit un peu d'ordre sur la
table.

— Quel dommage, soupira Campal, que
ce bon repas soit terminé!... Dieu, là-haut,
doit être content de nous voir heureux un
jour de fête.

— Ne parlons pas de Dieu, fit Durante en
se signant.

On n'avait plus l'élan de rire; on souriait.

— Si nous allions dormir? proposa
Jérôme.

— Ce n'est pas de refus, répondit Guittou.

XV

Baquenoi souleva son ample chapeau, ouvrit tout grands ses yeux dans la lumière.

Les camarades, autour de la table, se re-
muaient lourdement, en enflant les joues,
en s'étirant comme des travailleurs fatigués.
Peu à peu chacun partit de son côté. Jérôme,
la tête basse, rentra dans la cuisine à la suite
de son frère qui se traînait d'un pas de petit
vieux. Guittou s'affaissa sur la chaise du
matin, auprès de la cheminée. Il posa les
mains sur son bâton et ferma ses paupières,
pendant que Jérôme s'asseyait à la table
d'auberge, les bras étendus.

Patalocco et les Campal descendirent à la
rivière. Le matelot s'allongea dans sa barque, pour la sieste quotidienne, tandis que
les Campal, qui cherchaient la fraîcheur, se
réfugiaient entre les murs dorés du moulin.

Boipau, Durante et Fabarote s'égarèrent
ensemble dans le voisinage. Patauds et vé-
nérables, ils affectaient du dédain vis-à-vis
du garde Baquenoi, lequel, d'ailleurs, feignit
de s'esquiver par la montée de la grand'route.

Fabarote, cependant, afin de ne pas gêner
les vieux galants, demeura dans le chemin
creux. Ceux-ci, devenus familiers, ne dissi-
mulaient plus aujourd'hui leur amourette.
Ils continuèrent de suivre la petite route
qui va au château de M. Gourdon, très loin,
et là-bas, au milieu des vignes, s'abrite sous
des peupliers. Ils ne parlaient pas. Ils se
comprenaient. Échangeraient-ils jamais une
promesse? Boipau, en attendant, tenait l'ombrelle de Durante et se penchait, se serrait
de telle sorte que l'ombre protégeât leurs
deux têtes grises. De temps à autre, ils se
souriaient, Durante émue de se trouver dans
la solitude au bras d'un homme.

Les camarades, au moulin, ne pensaient
aussi qu'à eux-mêmes. Soulayrol, habitué à
la pénombre de son atelier, s'était rendu à
l'écurie. Dans le noir des murs humides,
comme la tête lui tournait à la force du vin,
il s'abattit sur la litière de Jacquounel et
s'endormit.

Agnès et Guittounet n'avaient pas hésité à
pénétrer sous les roseaux, par le sentier que
suivent les farauds, le dimanche. Un peu
plus loin, ils s'assirent dans l'herbe, auprès
d'un cerisier, et, la main dans la main, ils

contemplèrent la plaine où règne Pézenas.

Dans la cour du moulin, il ne restait plus que Santou, ronflant étendu sur le tronc d'arbre, et aussi Claude et Peyrine que surprenait, après le bruit de la noce, le silence adorable du ciel et de la terre.

Les jeunes époux n'avaient point de courage. Le désordre de la table, le gaspillage de tant de vivres qui auraient suffi plus de huit jours à un ménage sobre, leur inspiraient de la tristesse et du dégoût.

— C'est aujourd'hui la fête à Aumes, dit Peyrine. Il faudra empêcher mon père de sortir, ce soir.

— Oh! Jérôme sera trop fatigué.

— Il ne l'est pas quand il s'agit de s'amuser... Ah! mon pauvre Claude, que diraient tes parents, si le mariage te rendait malheureux?... Toi-même tu te repentirais de m'avoir épousée.

— Tais-toi... Ne pensons pas à ces choses.

Claude aurait voulu consoler Peyrine : il ne savait pas, malgré ses efforts.

— D'abord, où est ton père maintenant?

— Il doit dormir dans la maison.

— Allons voir...

L'oncle Guittou dormait toujours dans la cuisine, auprès de la cheminée. Jérôme, les bras étendus sur la table, ne bougeait pas, secoué seulement de hoquets formidables. A la vue de ses enfants, il souleva la tête, ouvrit ses yeux rouges et mouillés.

— Fille, grogna-t-il, j'ai soif. Tu trouveras du vin dans une des bouteilles de Durante. J'ai soif de ce vin blanc qui sent la peau des jolies femmes.

— Mon père, tu te trompes, il n'y a plus rien.

— Cherche-moi donc quelque chose dans le buffet, n'importe quoi. Ça m'est égal...

— Mais, hasarda Claude qui se campait, les poings aux hanches, nous avons assez bu, il me semble... Ça vous rendra malade.

Jérôme agita ses bras, et bridant ses joues d'un rictus de colère :

— Qué !... Toi, tu n'es qu'un petit clerc d'église, un pâle freluquet de Clermont... Moi, je suis de Pézenas... Le vin, ça me connaît.

— Je répète que vous avez tort.

— Fichtre !... Qu'est-ce qui te passe par la cervelle?... Te crois-tu le maître?... Depuis quand je reçois des leçons ?... Té! Donne-moi la bouteille, Peyrine. Tu es mieux élevée que ton mari, je suppose !...

Peyrine, en tremblant, donna un verre et la bouteille.

Claude, le front bas, ne soufflait mot. Il eut la vision de quelque méfait, d'un crime peut-être, que cet homme, dans un coup d'ivresse, pouvait commettre. Lâche, il imagina qu'un jour il serait sa dupe ou son complice. Alors, songeant à ses parents honnêtes, un sanglot lui monta à la bouche, il eut un désespoir d'enfant, et il sortit pour pleurer, dans la cour, au coin de l'auge.

Peyrine le rejoignit aussitôt.

— Tais-toi ! lui dit-elle en l'embrassant. Tais-toi !... Si mon père t'entendait !... Voyons, puisque c'est fête aujourd'hui.

— Non, vois-tu, ce sont peut-être des rêves, mais ils me font trop mal. J'ai l'imagination que nous connaîtrons des malheurs ici avant la fin de l'année. Je mentais tout à l'heure pour te rassurer... Il faut pourtant que je t'ouvre mon cœur. Hé bé, ton père est un perdu. Il est trop vieux pour se corriger.

— Ne dis pas ça, toi qu'il aime bien.

— Il m'aime quand il a le temps. Il me parle avec une rudesse !... Je ne suis pas son domestique, voyons !... Si la misère lui plaît, qu'il la garde ! Moi, je n'en veux pas...

— Alors, tu l'abandonnerais?

— Oui, s'il retombe au mal !

Claude se redressait devant Peyrine. Celle-ci frissonna de crainte, dans sa jeunesse faible, les yeux clairs comme le ciel.

— Tu ne m'aimes donc pas? murmura-t-elle.

Claude, pour la première fois, montrait de la volonté. Mais l'humilité, la tendresse de Peyrine le toucha au cœur, lui fit de la joie par tout l'être. Il la regarda en souriant; il l'entraîna vers le mûrier dont l'ombre rayonnait jusqu'à l'extrémité du pré, sur le talus.

— Tu sais bien, Peyrine, que je n'aime que toi, et que mes parents t'aiment aussi comme leur fille... Seulement, nous ne pourrons pas, tu le comprends, nous qui débutons dans la vie, nous soumettre toujours à un homme qui ne croit qu'à son caprice.

Peyrine, ses mains au visage, pleurait doucement. Claude la baisait au front et sur les mains.

— Certes, dit-elle, je n'hésiterai pas à te sacrifier mon père. Aujourd'hui c'est toi qui me commandes... Seulement, ça fait venir le malheur que d'en parler... Viens, allons-nous-en...

— Où?... Tu es folle... Nous ne rencontrerons partout que ces amuseurs de la rue Saint-Jean.

— Montons dans notre chambre. Je prendrai de la couture, tu prendras un livre, comme lorsque nous étions fiancés.

— Allons. Ça me rappellera mon auberge et mes parents.

Une pénombre heureuse régnait dans leur chambre, dans l'étroite alcôve où le lit disparaissait sous des rideaux. Dans la clarté du mûrier et des platanes, il faisait doux, paisible, ainsi que dans l'âme des jeunes époux. Peyrine prit sa couture, Claude un livre. Mais, au lieu de s'occuper, ils détournaient les yeux vers le ciel, ou bien ils se regardaient. Ils écoutaient le silence du domaine. Pour la première fois, le temps leur parut long.

Le silence planait de haut sur le paysage.

Les camarades, autour du moulin, dormaient. Santou, allongé sur l'arbre de la cour, semblait un mort.

Baquenoi veillait toujours là-bas, derrière le parapet de la grande route. Il désespérait déjà de pincer Patalocco ou quelqu'un de ses camarades. On ne voyait pas âme dans la vaste plaine : rien que la feuillée des vignes, les champs de blé d'or, la poussière des chemins. Fatigué de recevoir le gros du soleil, il redescendit vers Roquemengarde lentement, le long des haies, en se faisant tout petit, en insinuant un regard par-ci, un regard par-là. Pour ne pas donner l'éveil, il ôta même son chapeau.

Décidément, tout le monde se cachait.

Poussé par la soif, il pénétrait dans la cour du moulin, lorsqu'il aperçut le brave Santou allongé sur l'arbre. Par prudence, il rétrograda dans le chemin creux.

A peine avait-il marché deux cents pas qu'il entendit sur la droite un homme qui toussait : un homme gras et plein, immanquablement, car la toux grasseyait abondante. Baquenoi aussitôt s'élança sur le talus et, au sommet, se soutint au tronc d'un amandier. Il ne vit qu'un blé dru, opulent, qui dormait aussi, sans un frisson. Il s'inquiétait enfin de ne rien découvrir, lorsque la toux plus sonore et hardie recommença.

Il examina, sans bouger. Alors, un petit homme trapu se dressa dolemment, surgit du milieu des épis : une casquette, des bajoues, un petit boutiquier qui soufflait sous le soleil.

— Fabarote! cria le garde.

Le boutiquier se détourna placidement, en boutonnant sa culotte. Il montra son front, retira son cigare des lèvres et sourit :

— Ah! bonjour, Baquenoi. Tu es encore dans cette campagne?

— Oui, oui, arrive ici.

— A ton service... Espère un peu!

Et soupirant, tout soulagé, Fabarote arriva. Il bronchait parmi les mottes, écrasait des épis, en écartait d'autres qui lui grattaient le cou.

— Hé bé, dit-il en frappant le garde sur l'épaule. Hé bé, tu t'ennuies tout seul?

— Non pas... Toi, tu saccages la propriété d'autrui, je te dresse procès-verbal.

— A moi!... Tu plaisantes?

— Je ne plaisante jamais, j'accomplis mon devoir.

— Très mal. Personne ne croira jamais que Fabarote, le peintre, ait porté le moindre préjudice à son semblable.

— Chez toi, tu vis à ton gré. Ici, tu dois respect à la terre et aux hommes.

— Par exemple, je proteste.

— Inutile de protester. Je suis le garde.

— Heu! heu!...

Fabarote arrangeait sa casquette, soufflait, suait davantage. Ensuite, dans le chemin, il essaya d'amadouer le garde d'un air bonasse et paternel.

— Viens-tu chez Jérôme?

— Oui, marche.

— Pourquoi n'as-tu pas accepté de dîner avec nous?

— Laisse-moi.

— Té! je t'offre mes petits cigares. Ils sont excellents. Tu comprends, je les mets à sécher pendant une semaine dans le four de Boipau.

Il exhibait de sa veste les cigares d'un sou, en offrait un tas à choisir, lorsque l'autre le rabroua :

— Ne fais pas l'emplâtre. Je ne fume pas.

— Tu dois avoir soif. Il fait si chaud!

— Si je buvais, j'aurais encore plus chaud.

— Tu n'as donc pas de vice?

Baquenoi ne se déridait point. Au bout du chemin, il se reposa dans une ombre, tandis que Fabarote, après être resté longtemps à chercher en vain des flatteries nouvelles, remontait à Roquemengarde.

Tout le monde dormait encore. Ce silence

effraya le petit boutiquier. Il se mit à crier au milieu de la cour, sans pourtant réveiller Santou, sans même déranger Peyrine et Claude. Alors, il descendit en maugréant à la rivière. Là, furieux, il saisit la chaîne du barquot, l'agita longuement, de toutes ses forces. Patalocco enfin se réveilla; les Campal ahuris, les yeux battus, sortirent de leur refuge.

— Hé!... Quoi!... Ce peintre est enragé?

— Vous ne savez pas! Vous ne savez pas!...

Il raconta d'un trait l'histoire de son procès-verbal. Les autres aussitôt de rire, de rire en si grand tumulte que Fabarote, à son tour, s'esclaffa.

— Va, lui dit Campal, Baquenoi n'osera pas t'inquiéter. Nous sommes des électeurs du maire.

Fabarote respira sur cette assurance. De nouveau il partit d'un long éclat de rire, en découvrant qu'il était un homme d'importance, à l'abri de la justice. Ensuite, ils se regardèrent tous, étonnés quand même de se trouver là, sur le chenal d'un moulin, et non dans la rue Saint-Jean, au bord de leur ruisseau.

— Que faisons-nous? dit Campal.

— Moi, je vais tirer mes filets de pêche : si j'ai plus de chance que ce matin, j'irai vendre mon poisson à Aumes, puisque c'est la fête.

Patalocco, à ces mots, conduisit sa barque au milieu de la rivière, laissant les camarades ébahis sur le quai.

— Remontons dans la cour, reprit Campal.

Un moment après, ils étaient réinstallés sous le mûrier, devant les litres inachevés de Durante. Les coudes sur la table, ils contemplaient le couchant fauve dans le ciel, la terre rouge des Cévennes, au loin, par-dessus les collines vertes de vignobles.

Peu à peu tout le monde se ranima. Santou rejoignit Jacquounel à l'écurie, d'où Soulayrol sortait en fredonnant. Durante et Boipau revenaient du chemin nu des vignes, toujours unis sous l'ombrelle. Bientôt, on entendit sous les roseaux de la rivière une rumeur de pas et de rires : c'étaient Luc et Agnès qui marchaient si lentement que le père Guittou, accompagné de Jérôme, arriva bien avant eux sous le mûrier. Guittou était assis déjà, lorsque Luc apparut. A la vue de son fils en fréquentation d'une

domestique, il se réveilla tout à fait et, sans le vouloir, frappa de colère sur la table. Mais soudain, il eut la force de se calmer. Les Guittou ne traitaient point leurs affaires en public.

Les jeunes époux ne se seraient pas encore dérangés, s'ils n'avaient pas aperçu Jérôme à table. Ils descendirent de leur chambre tout guillerets, affectant beaucoup d'insouciance devant leur maître, parce que celui-ci, simplement pour les narguer, aurait pu se remettre à boire. Heureusement, Jérôme ne touchait pas à son verre. Leur gaieté, alors, devint franche. Ils parlèrent presque seuls à propos de la rue Saint-Jean, du carnaval, des fêtes de Pézenas.

Le crépuscule se répandait doucement des Cévennes, dans les nues dorées. Une lueur de cendres estompait un moment les villages au loin, la ville dans son enceinte de jardins. Sur les champs, sur les bosquets épars, se dissipait une fumée bleuâtre. Bientôt de la poussière, qui semblait s'élever sous la foulée d'un peuple, confondit les routes, les vignes, toutes les blancheurs et toutes les verdures. Le ciel mourait, le ciel limpide, troublé comme un beau visage sous du fard et des voiles. Puis, des collines de la mer, l'ombre sortit, chemina dans les hauteurs de l'espace, se mêla à l'ombre plus épaisse qu'exhalait la plaine. Telle qu'un fleuve qui déborde, elle emplit les vallons et les ravins, s'insinua dans les moindres sentiers, gravit jusqu'aux cimes.

Le moulin, pareil à un frais îlot de verdure, conservait de la clarté au milieu de cette ombre croissante. Des étoiles çà et là brillèrent, aussi faibles encore que des lanternes de charrettes pauvres cahotant par les ornières.

Les camarades de la rue Saint-Jean frissonnèrent à la brise de l'ombre. Campal se remua le premier, les femmes rangèrent leur toilette, et Fabarote choisit un petit cigare, pour le retour.

Peyrine s'approcha de son père qui dormait.

— Dis, les amis repartent... Touche-leur la main, et puis tu devrais rentrer à cause de l'humidité.

Jérôme, ennuyé, observa tout ce monde avec étonnement.

— Hé hé! grogna-t-il, bonsoir. Ma fille a raison, bonsoir!

Il rentra dans sa cuisine, lourdaud, bal-

lant comme dans un rêve. On l'entendit
s'étirer, bâiller largement de plaisir ainsi
qu'un vendangeur qui se lève dès l'aube sur
la paille de son grenier. Alors, Guittou parla
de son frère :

— Je crois que nous avons pendu une
fameuse crémaillère. Il faut que Jérôme
gagne de l'argent.

— Je le trouve raisonnable, remarqua
Fabarote.

Peyrine, glorieuse que le maître eût obéi,
prit la main de Claude avec une grande joie
et lui dit en souriant :

— Tu vois, mon père n'est pas mauvais.

— S'il pouvait continuer à nous écouter !

— Oui, mon fils, répondit Guittou. Il
vous écoutera. Seulement, la sagesse ne peut
pas venir dans un jour.

XVI

LES TENTATIONS

La nuit semblait tout d'un coup être tombée des arbres, ainsi qu'un trop pesant fardeau. On partit enfin, chaque homme muni
d'une torche, sauf Guittou, qui fermait la
marche appuyé sur sa canne. Santou, du
haut de son talus, regarda s'éloigner tous
ces êtres bientôt confus, énormes, une bande
de fantômes rouges dans la fumée d'où sortaient des éclairs.

Peyrine et Claude avaient voulu accompagner les camarades jusqu'au faubourg. Ils
marchaient bras à bras auprès de leur oncle,
qui ne cessait de les complimenter :

— Quels beaux enfants, tout de même !
Que vous êtes gentils ! Tu sais, Peyrine,
surveille ton père, j'ai confiance... Toi,
Claude, tu sais, ne néglige pas Peyrine.

Ils riaient, heureux d'entendre les flatteries et les espérances de l'oncle, de savoir
une partie de son argent enfermé dans leur
armoire et réservé aux dépenses du mois
prochain, l'époque de la moisson. Ah ! si
Jérôme, au lieu de ressembler à son frère
par l'imagination, lui avait toujours ressem-
blé par l'amour du travail et de la sobriété !

Justement, à cette minute, l'imagination
de Guittou travaillait. Ne comparait-il pas,
son neveu et à sa nièce le couple d'Agnès
et de Luc ? Ah ! mon Dieu, on se moquerait

des Guittou à Pézenas jusqu'à la fin des siècles, si son fils épousait une domestique.

— Sapristi ! répétait Guittou, quel couple
vous faites, mes neveux ! je souhaite que
votre cousin, si jamais l'idée lui vient de se
marier, ait votre intelligence et votre bonne
fortune.

Il baissa la tête, ruminant sa colère de la
même façon que Jérôme.

Les camarades, dans le chemin, repre-
naient de la gaieté à mesure. Ils jetaient l'un
après l'autre leurs torches consumées, de
sorte que l'on marcha bientôt en pleines
ténèbres. Aux penchants des talus, dans la
vase des fossés, les rainettes poussaient leurs
monotones cris. La brise apporta l'odeur
des jardins et des vergers. Les murs blancs
des enclos s'aperçurent dans l'ombre.

Peyrine et Claude, alors, ne voulant pas
pénétrer dans la ville, s'arrêtèrent.

— Hé bé ! dirent-ils, nous vous quittons.

— Vous ne voulez pas venir, proposa
Campal, à mon *Café Français* vous rafraîchir d'un peu de bière ?

— Il se fait trop tard.

— Venez donc ! insista Luc, qu'Agnès re-
tenait par la veste. Vous avez tort de ne pas
venir. Nous prouverions au voisinage que
nous savons jouir, nous aussi.

Guittou, outré de l'audace de son fils, leva
son bâton :

— Je ne te reconnais plus, Guittounet !...
C'est toi maintenant qui conseilles les dépenses ?... Qui donc te fait tourner la cervelle ?... Ta cousine a raison, elle va se coucher.

— Mon père...

— Tais-toi, grand dromadaire !... Je t'excuse, parce que la journée a été chaude...
Autrement !...

Tout le monde riait, même Guittou, sauf,
par exemple, Agnès qui s'écartait comme
un chien battu.

Peyrine et Claude disparurent dans le chemin, parmi les champs confondus où parfois des ombres semblaient se poursuivre en
galopade.

Les camarades, cependant, atteignaient
la grand'route. Là, dans une émotion de
gloriole, désireux de montrer leur endurance
à la fête, ils se mirent à crier et à chanter,
aussi fort que s'ils eussent marché vers le
soleil. Spontanément ils se prirent les mains,
entravèrent la route de leur longue chaîne
vacillante, et toujours avec des cris et des

chansons, gravirent la côte qui monte sur la rivière et puis dévale au Planol. Ils dansaient fraternellement, en jeune farandole : Campal et Soulayrol menant le branle, Boipau soutenant Durante qui ne pensait plus au bon Dieu, Guittou brandissant sa canne, Agnès secouant à son bras ce faraud de Guittounet, dont la bosse gênait un peu la danse. Aucun ne se souvenait plus du moulin, ni de Peyrine et Claude.

Ceux-ci, dans la nuit douce, ne se hâtaient guère, ayant l'intuition peut-être que le malheur les attendait à Roquemengarde. Leurs pas éveillaient des échos tristes ; mais ils n'avaient point peur, pareils aux pauvres qui n'observent jamais la nature, puisqu'ils s'en vont tout simples, aussi indifférents que les plantes.

Jérôme, tout à l'heure, après le départ de ses camarades, avait langui dans le silence de la vaste maison. A présent qu'on était engagé dans la noce, on ne pouvait pas aller se coucher comme un enfant, voyons ! A Aumes, sur la proche colline, des hommes de condition plus basse que la sienne s'amusaient. Il voulut s'amuser aussi. Ses goûts de ribote lui revinrent dans le bien-être du foyer, à la clarté de la lampe neuve qui montrait la maison ordonnée par Peyrine. Le travail allait bientôt commencer au moulin : on gagnerait de l'argent et on ne pourrait plus sortir. Quelle vie admirable, tout de même !... Jérôme se frotta les mains de plaisir, épia les bouteilles vides sur la table. Il souriait. Doucement le désir du jeu s'insinuait en lui ; et il claqua de la langue avec envie, en songeant que là-haut, à la fête d'Aumes, il roulerait sans effort des rustres de village, lui qui avait toujours habité la ville et savait calculer au jeu des combinaisons merveilleuses. Boire, constamment boire, ça fatigue l'estomac ; le lendemain, on n'est bon qu'à dormir. Tandis que jouer, gagner de l'argent, c'est noble, ça développe l'intelligence !...

Maintenant, il avait le temps de déguerpir, sans être surpris. Deux ou trois coups de rames à la barque de Patalocco, et il aborderait sur le territoire d'Aume... Demain, avant l'aube, il se réveillerait tranquillement dans son lit, sans avoir été soupçonné une seconde. Quelle joie pour ses enfants, quand il leur offrirait peut-être un billet de mille !

Ainsi, tout en se promenant dans la cuisine, Jérôme jetait des regards de convoitise sur l'armoire. Il la palpait parfois, la flattait de même qu'une femme, avec des caresses. Il l'ouvrit enfin, se haussant un peu sur la pointe des pieds et retenant son souffle. Ses mains jalouses fouillèrent à l'étagère supérieure, parmi le linge où reposait, depuis le premier jour, l'argent sacré de Guittou. Malgré tout, il tremblait dans le silence de la nuit, dont le mystère veillait comme une âme sur les hommes et sur les choses. Les arbres, dans la cour, frémirent. Jérôme eut un moment d'hésitation. Il crut entendre des pas, un bruit d'hommes. Fiévreux, il s'empara vite de tout le magot, et ne repoussant qu'à demi les battants de l'armoire, épia vers le dehors, par la porte grande ouverte.

Dans la cour, il entendit le bruit d'hommes plus distinct. Tout à coup ses enfants entrèrent. Il les regarda, stupidement, sans bouger, les sacs d'argent entre ses bras. Peyrine comprit le sacrilège. Elle s'arrêta sur le seuil, auprès de Claude, et demanda :

— Que fais-tu, mon père ?

— Est-ce que ça te regarde ?...

— Tu prends l'argent, un argent qui n'est pas à nous ?

— Ça ne te regarde pas, fille.

Pourtant, Jérôme n'osait sortir, embarrassé de ce trésor qui lui tenait les mains liées sur la poitrine.

— Nous ne resterons pas longtemps ensemble ! s'écria la jeune femme avec emportement. Le vice te possède...

— Fille !... Depuis que tu es mariée, tu m'insultes souvent, je devrais m'en souvenir.

— Toi, un voleur !... Est-ce possible, mon Dieu !... Nous qui, tout à l'heure avec Claude, faisions de si beaux rêves !... Ah ! je vois bien que c'est fini d'espérer quelque chose de toi !...

Ils se défiaient : Peyrine, toute blanche de douleur et d'effroi devant cet homme ; lui, hautain, persuadé d'avoir sur ses enfants des droits absolus.

Le silence persista, farouche, plein de menaces.

Jérôme, cependant, s'attendrit peut-être. Sa conscience, plus lourde qu'une pierre, remua dans son cœur. Car, lent et triste, il remit sur l'étagère, parmi le linge, le trésor sacré. Puis, tandis que Peyrine, lasse, s'appuyait sur l'épaule de Claude, il dit d'une voix confuse :

— Allons, allons!... Faites l'amour, c'est votre âge.

Peyrine frissonna dans sa pudeur. Claude n'eut point de force, à cette heure, dans la maison solitaire.

— Faites l'amour... C'est votre âge.

Ils levèrent le front, doucement, avec une honte, et aussitôt montèrent à leur chambre d'un pas inquiet.

XVII

LA CONQUÊTE D'AGNÈS

Depuis le matin, des nuages blancs et roses nageaient dans l'azur. Légers, charmants de forme et de souplesse, pareils aux fantaisies floconneuses que Fabarote peignait au plafond des grands cafés, ils contrariaient l'humeur de toute la ville. Aussi des ombres attristaient la rue Saint-Jean, ternissaient l'éclat de son ruisseau.

A dix heures, les nuages se dissipèrent, la brise inquiétante se tut. Le soleil glorieux alluma les toitures aux larges larmiers, aux vieilles tuiles moussues, aux cheminées plus hautes que des guérites. Les fenêtres s'ouvrirent. Les oiseaux dans leurs cages, les serins, les merles, les chardonnerets, commencèrent leurs ramages, toujours gais, se croyant aussi libres dans la rue grisée des parfums de la plaine que dans un bois.

On entendait les coups de marteau des Guittou, le glissement furtif du crin entre leurs doigts, la morsure de leur tranchet fendant le cuir en semelles. Les Guittou ne pensaient à rien, confondus dans le calme de la rue, abîmés dans la monotomie de l'ouvrage.

Seulement Agnès, qui guettait chaque jour cette heure paisible de la matinée, vint à passer. Elle aperçut la tête blanche, çà et là déplumée, de M. Guittou; le dos protubérant de Luc Guittounet. Elle s'approcha. Comme absorbés, assoupis en quelque sorte, les cordonniers ne levaient pas le front, elle s'esquiva. Car, maintenant, Agnès appréhendait de se trouver seule en bavardage avec eux, remettant toujours à plus tard le courage de savoir si, oui ou non, le bon Dieu consentait à lui donner Guittounet.

Depuis une semaine, depuis le lundi de Pentecôte, Guittou ne cessait de taquiner son fils à propos d'Agnès. Après tout, il n'aurait pas refusé le mariage, s'il n'eût soupçonné que cette grande pendue de domestique pouvait bien être excitée par le quartier à se moquer de Luc et de lui-même. En outre, Guittou s'imaginait que son fils n'était pas très sûr peut-être de vouloir Agnès, et qu'il la désirait simplement, surtout à la tombée du soir, par curiosité ingénue, en homme qui, pécaïré! n'a jamais vu de la chair des femmes que les bras nus, le visage, et parfois, à la rivière, les jambes nues des lessiveuses. Voyons, on n'épouse pas une fille rien que parce qu'elle vous cherche, parce qu'elle vient vous rejoindre à la fontaine et, certains matins, profite du moment où le maître surveille le fricot dans sa cuisine, pour vous tirer la main par-dessus la porte et vous manger de baisers comme on mange des pommes!... Té! si on changeait de quartier, Guittounet oublierait Agnès au bout d'une semaine. Mais changer de quartier, c'est pire que changer de ville ou de planète. On n'aurait plus ses habitudes, on ne respirerait plus le bon air de la rue Saint-Jean; on mourrait bientôt, comme une cigale transportée dans les pays du Nord.

Cependant, si le pauvre Luc manquait de courage, c'est qu'il se heurtait à l'hostilité railleuse de son père; c'est que, pour la première fois de sa vie, il éprouvait l'humiliation de se voir laid, court, bossu. Il souffrait le martyre, dans la convoitise de jouir un peu d'une femme, et la frayeur de déplaire à son père, et aussi la honte de paraître lâche aux yeux du quartier. Chaque jour, ils craignaient d'aborder ensemble cette question du mariage, le père et le fils. Puis, quand ils étaient partis en conférences, comme des moulins à vent, ils ne s'arrêtaient plus.

Ce matin, ils soupiraient beaucoup, songeant peu à peu au destin ennemi qui pénétrait dans leur maison. Ils levaient le front plus fréquemment, regardaient le soleil sur le mur noir d'en face.

Une fois, Guittou avisa Garrigues qui se hâtait à la recherche d'Agnès sans doute, cette servante si sage autrefois, et si dérangée depuis quelque temps. Les deux hommes, étant nés la même année, dans cette même rue, à cinq maisons de distance, s'aimaient sincèrement, bien que médisan* l'un de l'autre à l'occasion, par habitude, et aussi orgueilleux l'un que l'autre. Ainsi, Garrigues, par vanité, ne condescendait pas à se fâcher d'Agnès devant Guittou. Si elle eût été au service d'un voisin, il se serait diverti du projet d'amour de ce nigaud de Luc. Mais Agnès le servait, lui, monsieur Garrigues : comment, dès lors, remplacerait-il sa servante, dans le cas où elle s'établirait vraiment dans la boutique des cordonniers ?

En passant, il épia Guittou ; ils se saluèrent.

— Adieu !

— Adieu !

— Où tu vas ?

— Té !... Faire un tour de place.

— Agnès ne vas donc plus au marché ?

— Si, par exemple... D'ailleurs, moi, je ne m'occupe pas des bonnes.

Et, balançant les bras pour se donner de la force, Garrigues disparut. Guittou, qu'amusait la fausse indifférence du chapelier, ricana doucement. Puis, avec le même sourire, il interpella son fils :

— Hé bé, tu ne dis plus rien lorsque Garrigues passe ! Tu as peur de lui aussi ?

— Non... Qu'est-ce que je lui dois ?

— Hé !... Peut-être le respect, puisque tu veux lui prendre sa bonne. Tu vois comme il la dédaigne, lui... Il a haussé les épaules qu'on aurait dit un préfet.

— Oh !... Pourquoi avoir du dédain les uns pour les autres, du moment où nous vivons en république ? Nous sommes tous égaux sur la terre.

— Oï !... Crois ça et bois de l'eau... Es-tu l'égal de M. le maire, ce socialiste qui vient de récolter un héritage de cent mille francs ?... Mange-Bouilli, qui est le balayeur des cabinets de la ville, est-il ton égal ?

Luc, avant de répondre, se frotta le visage, dans l'intention de réfléchir.

— Aussi, tu me proposes des comparaisons difficiles !... Nous sommes, en tout cas, les égaux de Garrigues.

— Non pas de sa domestique.

— Une maison qui garde une domestique pendant plus de dix ans et qui s'alarme sitôt de la perdre, la considère bien comme de sa famille... D'abord, puisque tu parles d'Agnès, qu'a-t-on à lui reprocher ?

— Ah ! pécaïré ! Toi qui raisonnais autrefois mieux qu'un homme de soixante ans ! Je lui reproche d'être une fille du peuple et de servir... Alors, toi, tu l'aimes ?...

— Heu !... Ça !... Un homme de mon âge ne peut guère confesser ces choses à son père.

— Tu as honte ?

— Non... Toi, quand tu as épousé ma mère, c'est que tu l'aimais.

Guittou, au brusque souvenir de la défunte, sursauta d'émotion.

— Bigre !... Oui. Seulement, ta mère sortait d'une famille honorable. Son père était sergent de ville.

Luc, tout confus, baissa la tête, empoigna son marteau, balbutiant :

— Voyons, après tout, qui voudrait de moi pour mari ?... Tu n'as donc jamais remarqué ce que je porte sur le dos ?

Luc parlait bas, implorait grâce, les yeux déjà mouillés de larmes. Son père, pour le détourner de la tristesse, s'écria :

— Pardi, oui, tu es bossu, on ne peut pas en douter !... Hé bé, qu'importe !... Tu crois que les femmes sont exigeantes ? Regarde les hommes : l'un est myope, l'autre boiteux, un autre sourd, un autre trop grand ou trop petit, obèse ou maigre... Ah !... Et les femmes ? Celles-ci sont comme des planches, celles-là comme des tonneaux... Mon ami, si l'on devait, pour se marier, posséder la perfection du corps, sur cent mariages qui se préparent, il n'y en a pas cinq qui aboutiraient.

— Tu cherches à me consoler.

— Non... Mais tu n'aimes pas Agnès... Pourquoi ?... Parce que tu l'aurais déjà prise !

Pendant que Guittounet riait de bon appétit, Guittou ajouta :

— Quand on aime une femme, il n'y a ni père ni mère qui vous empêche d'arriver au mariage.

— Tu as raison.

— Oui, seulement, pas d'enfantillages !... Ici, tous deux, nous sommes bien... Gare aux femmes ! Ne nous mettons pas mal.

Guittounet, à ces mots, soupira de mélancolie, songeant qu'on devait partout, dans le quartier, discuter ainsi son mariage et se moquer de sa bosse.

Ils travaillaient de nouveau, abîmés sur l'ouvrage, lorsqu'ils perçurent à travers le silence des pas doucereux, du côté de l'église. Aussitôt Agnès se présenta, souriante et familière. Certes, il lui fallait beaucoup de courage, à la domestique. Le cœur lui battait fort dans la poitrine, autant que la rame de Patalocco dans l'eau violente du chenal. Mais, ce matin, elle était décidée à se défendre, à montrer sa volonté devant Guittou lui-même.

Après avoir déposé son panier sur le mur de la devanture, elle s'accouda d'une manière hardie, presque provocante.

— Bonjour! salua-t-elle. Comment vous allez? Que racontez-vous?

— Rien, rien...

Tandis que Luc rapiéçait vivement une pantoufle, Guittou, anxieux aussi, reluquait de mauvaise humeur cette fille. Alors, il observa qu'elle s'était parée : des rubans roses au bonnet, des boucles de verre aux oreilles, et au corsage un brin de basilic dont elle embaumait la boutique en s'inclinant davantage. Comme il était en verve, il l'apostropha, d'un peu haut :

— Dis-moi, pour qui te fais-tu si jolie?

— Pour vous.

— Tu peux t'éviter ces dépenses... Luc ne t'aime pas.

— Par exemple! protesta celui-ci.

— Allons, passe ton chemin, ma fille, laisse-nous travailler. Les Garrigues t'attendent à la maison.

— Mes maîtres, oui!... Ils ne peuvent que vous faire mon éloge. D'abord, dites à Luc qu'il vous parle de moi.

— Hé bé, hé bé, qu'est-ce qu'il me dirait?

— Mon père, tu me tracasses beaucoup depuis quelques jours. Ce n'est pourtant pas dans la rue qu'on peut traiter une affaire si sérieuse... Té! je parie qu'on nous écoute des fenêtres voisines.

— Tu as raison, mon fils, on se moquerait de nous.

— Pas moins! Pas moins!... répliquait Agnès toute rouge d'émoi. Il faudra bien que le monde apprenne notre mariage.

Guittou croisa les bras gravement, laissa choir du tablier son marteau et sa forme.

— Quoi! reprit-il. Ce ne sont donc pas des plaisanteries!...

Il tressaillit, et se tournant vers Luc, le regarda dans la face :

— Alors, tu l'aimes?

Il pouffa de rire, d'un élan furibond qui fit craquer l'escabeau sous sa corpulence. Ces rudesses exaspéraient Guittounet : dans un élan de colère, et un peu sans doute par fatuité devant Agnès, il prit le parti de parler ferme :

— Oui, s'écria-t-il. Le moment est venu de se déclarer. Je veux me marier!...

Guittou, stupéfait une seconde fois, ouvrit la bouche, ne trouva pas une parole. Enfin, après un silence, il bourdonna, sombre :

— Bien... bien... Vous êtes deux sournois... Il faudra donc que je me résigne?... Bien. En attendant, fille, passe ton chemin,

laisse à mon sang le temps de reprendre sa place... Tu comprends, un Guittou épouser une bonne!... Luc est bossu, je le sais... Mais!...

Les deux farauds rougirent sous les injures, et tellement que Guittou comprit qu'il avait fait du mal. Il le regretta; touché dans son cœur, il poursuivit, alors, d'une voix apaisée :

— Fille, va-t'en à ton ouvrage. Il me faut le temps de réfléchir. Nous nous reverrons à la veillée, ce soir.

Agnès, si radieuse qu'elle n'osait plus regarder les deux hommes, reprit son panier lentement. Elle souriait avec modestie, sans pouvoir se résoudre à partir.

— Adieu!... murmurait-elle. Adieu, Guittounet!... A ce soir!...

— A ce soir, répondit Guittou de sa voix profonde.

Garrigues, qu'on n'avait pas entendu descendre de l'église, survenait à l'instant.

— Et adieu, Guittou! dit-il d'un ton badin. Té!... Tu arrêtes mes bonnes, à présent?

— Pas certes!... Ce n'est pas moi.

Agnès s'esquivait vite, le panier au bras. Seulement, Garrigues, courut après elle, la tira par la manche :

— Hé bé!... C'est ainsi qu'on perd le temps!... Crois-tu que ta mère serait contente, si je lui apprenais que tu fréquentes les hommes?

Agnès, toujours heureuse, plaisanta :

— Je ne risque rien, allez, monsieur.

— Qu'en sais-tu? Ça ne me convient pas, à moi. Je suis ton patron.

— Sans doute. Vous êtes mon maître. Je vous respecte et j'aime beaucoup votre maison... Pas moins, que voulez-vous? La vie, c'est la vie.

— Oh! je ne te comprends pas!... Tu te déshonores, voilà tout. On ne parle que de toi dans le quartier... Crois-tu que Luc sera assez nigaud pour t'épouser?

Agnès, par pitié du maître qui soufflait derrière elle, réprima une envie de rire.

— Crois-tu qu'on me te remplacerait pas chez nous?

— Espérons que si.

— D'abord, que bavardais-tu avec ces Guittou qui cherchent à te corrompre?... Veulent-ils prendre bonne, ces savetiers?

Tandis que d'un pas alerte Agnès franchissait la porte du magasin, elle répondit :

— Ce soir, monsieur, quelqu'un de plus

fort que moi vous expliquera. Je suis une honnête fille.

— Une honnête fille qui ne pense qu'à quitter ses bons maîtres ! C'est honteux, c'est impie!... Tu veux te marier ? Hé bé, que m'importe à moi ! Je me chagrine dans ton intérêt, pardi ! Trouverais-tu dans Pezenas une maison plus propre que la mienne, une famille où l'on t'estime avec la même affection, la même considération !... Pas chez les Guittou, en tout cas !

A son tour, Garrigues haussa ses pieds patauds, pénétra chez lui en criant, en gesticulant comme un fou. Jusqu'au soir, le voisinage l'entendit dans les magasins et dans la cuisine se lamenter, prier, vociférer, avec d'autant plus de fureur que la servante ne répliquait pas un mot.

XVIII

LA VEILLÉE

Comme chaque soir, les voisins se réunirent sur la placette, dans l'encoignure des magasins de Garrigues, et sur le banc de Fabarote. Mais auparavant, on barricadait les maisons de lourds portants et de devantures, avec des clefs, des vis, d'énormes clous fichés dans la muraille, tout un système de forteresse compliqué qui laissait un battant ouvert à la porte.

Les Garrigues disposaient leurs chaises sur les pavés, ainsi que Durante, qui en traînait une seconde réservée à Boipau. Campal, le plus souvent debout, courait d'un groupe à l'autre, pour entretenir la conversation. Fabarote, immobile sur son banc, digérait en fumant le cigare. Boipau débouchait brusquement de sa maison, et toujours comme par un même sentier, s'avançait en ôtant son chapeau de façon fort civile :

— Bonsoir, la compagnie !

Soulayrol, les manches du gilet de laine retroussées, arrivait à son tour, en achevant ses petits pâtés qu'il découpait avec un couteau. Il s'asseyait sur le banc, fredonnait, la bouche pleine, pendant que Rosette s'installait dans le fauteuil de son salon de coiffure. Alors, les mains jointes sur le ventre, tous gras, sauf Campal et Soulayrol, ils poussaient de graves soupirs d'aisance, se racontaient le repas qu'ils venaient de manger. Par inter-

valles, le ruisseau parlait seul, plus haut que pendant le jour. Des chauves-souris rasaient les murailles, tournoyaient en stridents coups de fouet. Dès que le bec de gaz était allumé, elles tournoyaient davantage, semblaient autour de la clarté danser ensemble la farandole, et bientôt fatiguées de se cogner les ailes aux carreaux du réverbère, remontaient rapides au clocher de la paroisse. Le bec de gaz, pourtant, ne donnait dans la nuit qu'une pauvre lueur. Petite nuit au ciel clair, où les étoiles fourmillaient, nuit d'été à peine plus confuse qu'un ombrage, où l'on pouvait distinguer les figures et presque les yeux..

Les Guittou ne se joignaient pas régulièrement aux camarades. Souvent ils travaillaient après souper. Néanmoins, ce soir, Luc se présenta, timide et muet, mangeant une tranche de pain pour avoir une contenance. Il s'assit du côté des Garrigues, à l'écart, sur le seuil de la maison de Durante. Les camarades ne pensaient qu'à lui : seulement, à cause de son père et des patrons d'Agnès, ils n'osaient manifester aucune opinion sur le mariage projeté. Alors, ils houspillaient les passants, histoire de se distraire.

Et il en passe du monde, chaque soir ! A cette heure, toutes les familles ont fini de souper. Elles vont accomplir un tour de promenade sur le Planol. Les hommes, paresseux, lavés de frais, costumés de dimanche, vont au café discuter la politique ou jouer aux cartes. Les femmes, au milieu d'enfants, de grandes filles qui ne sont pas encore des demoiselles, se promènent déjà, molles et mal coiffées ; elles jacassent avec les gens acagnardés au pas des portes, sans détourner la tête, et quelques-unes même tricotent des bas. Tout ce peuple envahit la rue Saint-Jean durant une demi-heure, de sorte que les camarades, sans se déranger, s'informent des moindres rumeurs de la ville, des cancans du plus lointain faubourg.

Guittounet mangeait toujours, en silence. Campal l'interpella, enfin :

— Hé bé, il te tardait de venir nous voir, que tu n'as pas fini de souper chez toi ?

— J'attends mon père... Té ! le voilà !...

Les Garrigues, sans bouger leurs épaules, détournèrent la tête, puis la remirent en place, le menton sur la poitrine, en affectant de ne pas se déconcerter. Guittou, lui, ma foi, ne dissimulait pas ses préoccupations. Il avait endossé sa veste, et il s'abstenait de fumer.

— Hé bé, salua-t-il, bonsoir à tous.

— Bonsoir ! répondit Garrigues.

A peine Guittou s'était-il installé sur une chaise, que son courage défaillit. Les deux magasins, la haute maison du chapelier, lui imposaient quand même. Cependant, Rosette remplissait la rue de sa voix de crécelle :

— Fabarote ne vous a rien raconté ?... Ah ! n'ayez pas peur qu'il raconte ses affaires !... Demandez-lui s'il n'a pas reçu un billet cet après-midi...

— De quoi ?... De quoi ?... demanda-t-on de tous côtés.

Fabarote décroisa ses bras et dit :

— Si je n'ai pas raconté mon affaire, c'est que j'espère bien l'arranger avec M. le maire qui est mon ami.

— Ah ! s'écria Boipau, très fier d'avoir compris. Tu as reçu le billet du verbal ?...

— Tout juste !... Baquenoi a tenu parole. Je comparais mardi devant M. Crax, si mon procès ne s'arrange pas. D'ailleurs, nous nous trouverons tous au tribunal. Car mardi est aussi le jour de Patalocco, et vous serez appelés en témoignage à cause de moi.

— Bon ! fit Campal, nous irons nous amuser.

— Si tu crois que ça m'amuse ! Ah !... quelle leçon !... Voyez-vous, il ne faut jamais badiner avec la justice. Ces histoires, à la fin du compte, coûtent de l'argent.

Garrigues, qui allumait un cigare, opina, sentencieux :

— Moi qui ne suis pour rien dans vos manigances, moi qui ne participe à aucune fête, je suis plus ennuyé que vous. Car Agnès va me perdre toute une journée.

Il cracha vers le ruisseau, avec dédain. Guittou, qui sentit cet orgueil de maître et cette arrogance, bourdonna d'un ton moqueur, la tête basse, comme s'il se fût adressé aux pavés :

— Mon Garrigou, dans huit jours peut-être, tu n'auras plus ta bonne. Ainsi donc, ne t'inquiète pas.

— Téré ! Tu es bien fort !

— Non, je ne suis que Guittou... D'abord, je te prie de parler bas, entre ta femme et moi. Il n'est pas utile que les passants nous entendent.

— Qu'est-ce que tu veux ?

— De toi, rien. Seulement, je te préviens, en honnête homme, que mon fils Luc, que tu vois là, sur la porte de Durante, s'accorde avec ta bonne, et que demain nous allons la demander chez sa mère.

— Té ! té ! Tu es fou !... Té ! par exemple, sa mère vous refusera, je te le dis, je te le répète... Donc, alors, il vaut mieux que tu t'évites un affront... Ah ! ah !...

Les Garrigues, partis en colère, poussaient des cris, essayaient de rire. Campal, au bruit de leur querelle, ne put s'empêcher d'intervenir :

— Que dites-vous là-bas, Garrigues ?

— Des fadaises !... Reste chez toi !...

Et se retournant vers Guittou, Garrigues lui tapa sur la cuisse :

— Toi, marier ton fils !... Tu ne comprends donc pas qu'une fois marié, il te chassera de la maison ?

— Oh ! de ce côté-là, je suis tranquille. D'abord, je vous avoue que, dans les commencements, j'ai résisté à son envie. Puis, quand j'ai vu que cet amour s'était enfoncé comme un clou dans sa poitrine, je me suis dit : Aïe ! Voilà que la jeunesse se remue dans Guittounet, un peu tard, à la vérité, mais enfin elle se remue... Il y a dans le quartier Saint-Jean une demoiselle de son âge, et naturellement c'est sur elle qu'il a jeté les yeux... Il négligeait son ouvrage déjà. Alors, j'ai lâché la bride... Je lui laisse prendre la pâture qu'il a choisie. Sinon, il s'éloignerait du quartier, il s'amuserait à courir l'école buissonnière, et, après tant d'autres, il aurait soif chaque jour du vin de la noce, une fois qu'il l'aurait goûté... Non, non, Luc épousera une femme sage, économe, laborieuse, et que vous estimez tant... Pendant qu'Agnès entretiendra notre ménage, nous pourrons confectionner un plus grand nombre de chaussures...

Les Garrigues l'écoutaient avec angoisse, père Guittou. Dès qu'il eut parlé, ils se rapprochèrent de lui, dans la figure :

— Tu raisonnes très mal. Agnès coûte beaucoup, elle mange comme quatre. Si ton fils meurt, tu resteras seul avec une femme sur le dos.

— Pas du tout. Elle reviendra vous servir.

— Quoi ! Nous allons la remplacer tout de suite. Avec de l'argent, quand on veut des bonnes, on n'a que l'embarras du choix.

— Alors, pourquoi vous tourmentez-vous ?

Et Guittou appela d'un signe son fils Luc, qui attendait cet ordre avec impatience. Un

se rassembla à l'écart davantage, tout à fait dans l'encoignure où Garriguette, au lieu de traîner sa chaise, demeura debout.

— Té ! reprit le cordonnier. Demandez à mon fils si nous avons l'intention de vous causer de la peine.

— Oh !...

Mais avant que Guittounet pût s'expliquer, Garrigues lui abattit les mains brutalement :

— Dis ! dis !... Est-ce poli d'être venu nous enlever Agnès ?

— Vous appartient-elle ?

— Certainement, puisque nous la payons ! répliqua Garriguette qui frémissait, les poings aux hanches.

— Ah ! vous me faites rire.

— Hébé, dès demain, je la mettrai dehors. Tant pis si je la déshonore devant le quartier... Elle nous a trompés.

— Voyons, calmez-vous... D'ailleurs, où est-elle ?

— A son ouvrage, je suppose, à la vaisselle... Ah ! qu'elle est sotte !... Une belle acquisition que tu vas faire, mon petit Luc !

Les Guittou, dans la crainte d'attirer les passants vers leur dispute, se turent. Puis, après quelques instants de silence, tandis que les Garrigues, désolés, haletaient de lassitude, Guittou demanda d'une voix insinuante et affectueuse :

— Alors, vous voulez être brouillés ? Brouillés pour si peu de chose ?...

— Heu ! Nous enlever la bonne sans crier gare !...

— Voyons, au contraire. Vous devez être les soutiens d'Agnès. Vous devez être les premiers à la noce.

— Je ne dis pas... Tu comprends, ça nous bouleverse de penser qu'il faudra s'habituer une autre bonne. Agnès savait nous manier... C'est elle qui m'a soigné quand j'ai eu mes rhumatismes...

— Et moi quand j'ai eu ma fièvre typhoïde qui m'a fait devenir si grosse...

Luc, croyant que Garriguette plaisantait, rit tout doucement.

— Ah ! tu te moques de moi ! s'écria-t-elle. Et toi, tu crois donc qu'Agnès t'aimera toujours ?

— Pourquoi non ?

Elle n'osa l'offenser en lui reprochant sa bosse, et elle s'embarrassa :

— Pourquoi ? Parce qu'elle se considère chez nous comme chez elle !... Oui, té ! On

la verra plus souvent ici que dans votre boutique.

— Allons, conclut Guittou, nous ferons noce tous ensemble. Ça fera travailler le quartier. Vous vendrez des chapeaux.

— Je ne dis pas, murmura le chapelier attendri. Seulement, depuis que ce mariage se dessine, nous sommes malades.

— Pourquoi être si sensibles ? Est-ce que je n'éprouve pas, moi, de plus grands ennuis avec Jérôme ?... Je ne désespère jamais, cependant. Si vous voulez, Agnès restera chez vous deux semaines, un mois, le temps que vous trouviez sa remplaçante.

— Pécaïré ! Il le faudra bien.

— Hébé, Guittounet, tu peux aller te rasseoir. Moi, je vais bourrer ma pipe.

Là-bas, de l'autre côté du ruisseau, on chuchotait à propos d'Agnès et de Guittounet.

— Tu vois, disait Campal, les Garrigues se disputent. Ça chauffe.

— Ce finaud de cordonnier, opina Fabarote, arrivera bien à ses fins.

— En tout cas, Guittou est un brave homme, son frère ne le vaut pas. On dit que celui-ci recommence ses fredaines. On dit qu'il est allé l'autre soir manger toutes ses ressources au jeu, dans un cabaret du village de Castelnau. Aussi, dimanche, nous ne l'avons pas vu à la messe. Il a eu peur du cordonnier.

— Peyrine doit souffrir. On dit qu'elle va essayer de mettre le moulin sur la tête de son mari. Ce sera difficile, avec un absolu tel que Jérôme... Et ce pauvre Santou, je le plains !

— Le plus à plaindre, c'est Claude. D'une maison de travail et d'aisance, n'est-il pas descendu dans un enfer ? Heureusement, Peyrine est un ange. Il sera toujours heureux avec elle.

— Heu !... interrompit Rosette. Un ange ! Nous verrons ça plus tard. D'ailleurs, si elle souffre de Jérôme, ma foi, elle est sa fille. Et puis, elle n'a pas plus de vingt ans ! Quand on est jeune et qu'on peut aller gagner sa vie n'importe où, quelle chance !... Nous ne sommes plus jeunes, nous autres.

— C'est vrai, répondit Fabarote qui bâillait.

Mais on ne pouvait plus bavarder en paix. Les promeneurs revenaient du Planol, par bandes touffues, dans une odeur de foin et de poussière. Alors Campal, ayant remarqué que Guittou, près de Garrigues, fumait sa pipe, sauta le ruisseau. Les autres le suivirent, même Soulayrol qui avait sommeillé contre Fabarote, le dos à la muraille.

— Hé bé, demanda-t-il, on dot ici, dans l'encoignure ! Et Boipau, que devient-il ?

Boipau et Durante répondirent ensemble, bourrus :

— Que veux-tu, toi ? Nous nous reposons.

— Vous pensez à votre mariage ?

— Par exemple ! par exemple !... Tu n'es pas convenable !

Tous les camarades riaient, même les Garrigues qui se souvinrent de la belle saison de leur jeunesse, pleine de rêves et de joies. Le calme ayant reparu, Guittou dit, un peu solennel :

— Il est de fait que notre quartier est en veine de mariages. Je viens d'avertir nos amis Garrigues que demain mon fils demande Agnès à sa mère.

— Ah ! ah ! ça marche ?

Et Rosette, se précipitant à la porte de la chapellerie, appela,

— Agnès ! Agnès !

Garrigues, épouvanté, tira par la robe cette Campal qui empêchait les braves gens de respirer. Mais Agnès, toute contente, accourait d'un élan :

— Me voilà !... Que me veux-tu, Rosette ?

— Rien ! lui cria Garriguette. Va vite dans ta cuisine.

— Si !... Tu peux écouter la Campal qui est honnête... Écoute !... On ne pare que de toi... Alors nous faisons noce à cause de toi ?

— Si Dieu le veut !

Toute rouge, heureuse dans son corps comme lorsqu'elle avait bien mangé le dimanche, Agnès disparut.

Bientôt, au milieu du silence, dix heures tombèrent lourdement du clocher sur les maisons noires, dans la rue que troublait çà et là la lueur fauve du réverbère. Sans tarder une minute de plus, Durante rentra chez elle, Boipau remisa ses deux chaises dans le magasin. Ils saluèrent d'un bonsoir la société. Durante barricada sa porte, Boipau, en s'étirant, gagna son fournil.

— Voilà deux fameux cachottiers ! ricanait Campal. Je parie qu'ils seront mariés avant notre Luc.

— Possible ! dit Garriguette en un sous-entendu malicieux.

— Oui, plaisanta Luc, s'ils ne meurent pas en route, tant ils sont vieux.

— Bravo ! bravo !

Tout le monde applaudissait, Guittou riait de l'esprit de son fils.

— Est-ce que nous ferons encore noce au moulin ? interrogea Soulayrol.

— Oh ! répondit Guiogu subitement triste. Oublions le moulin pour l'instant.

On se tut, par respect et par pitié. On soupira, dans une mélancolie, à la pensée du joli coin de campagne encadré de verdure et d'eau où Jérôme semblait un de ces damnés qui, pour le plaisir de la ruine, détruisent le vieux toit du foyer, les vieux arbres du jardin. Seulement, les arrigues se moquaient bien de Roquemengarde. Comprenant que toute tentative serait vaine de garder Agnès, il cherchèrent à se divertir. Et quelle consolation plus facile et plus sûre que celle de s'occuper d'autrui ?

Justement, Durante menait un énorme tapage en fermant son magasin.

— La sournoise ! dit le chapelier. Elle ne se mêle plus à nos conversations. Son Boipau lui suffit.

— Croyez-vous donc qu'elle l'épousera ? dit Soulayrol.

— Non ! jeta Garriguette.

— Je parie que si ! riposta la Campal.

— Je parie que non !

— Alors, pourquoi se familiarise-t-elle avec le boulanger ?

— Elle se joue de lui, prononça Fabarote. Est-ce qu'il mérite d'épouser une femme riche, ce fainéant qui n'a même pas le courage de se laver la figure ?

— Je ne sais pas comment, plaisanta Garriguette, nous osons manger son pain.

Rosette poursuivit :

— Durante épousera Boipau, pour qu'il la renseigne sur les gens qui lui ont emprunté ou qui veulent lui emprunter. Ce boulanger, en portant le pain à sa clientèle, court la ville toute la matinée. Il connaît les nouvelles, pardi !

Guittou, qui jusque-là avait patiemment écouté, fit entendre sa parole de bonhomie et de sagesse :

— Je crois que nous médisons du prochain. Ça fait passer le temps, je le sais. Seulement, je sais aussi que nous devons agir très mal, puisque pas un de nous n'oserait répéter ses commérages devant Durante ou devant Boipau.

— Heu ! c'est vrai tout de même.

Les camarades, penauds, se resserrèrent instinctivement en un groupe plus compact.

Ils ne s'étaient point méfiés qu'au-dessus d'eux Durante n'avait pas encore fermé la fenêtre de sa chambre. Doucement, elle s'était accoudée au balcon, et penchée sur la rue, dans l'ombre, elle avait écouté bien à l'aise tous les bavardages. Dès que ses amis se turent, elle les apostropha soudain :

— Merci ! merci à tous ! Vous m'habillez d'une large façon !... Je vous réponds qu'on peut avoir confiance en vous ! Oui, oui, il n'y a que Guittou qui soit de bon sens et de bonne amitié !

Les camarades, effarés, s'avancèrent en désordre jusqu'au bord du ruisseau, levèrent les yeux sur cette maison obscure où Durante parlait avec des gestes de sorcière, en frappant sur le fer du balcon :

— Guittou, oui, voilà un ami de tout repos ! Quant à tous les autres, merci !

Brusque, elle referma les volets, sans écouter les protestations de tout ce monde. Fabarote tremblait sur ses grosses jambes. Les Garrigues restaient cois, les bras ballants, à se contempler. C'est que Durante avait prêté de l'argent au chapelier, dans des moments de gêne : cette Durante si discrète d'habitude, et qui dès demain peut-être, pour se venger, annoncerait à la ville les misères de son voisin.

— Une autre fois, observa Campal, nous prendrons bien nos précautions.

— En somme, balbutia Garrigues, qu'avons-nous dit ?... Durante est une si brave personne ! Je voudrais bien qu'on médît d'elle devant moi !

— Par exemple, se lamentait Garriguette, tu as tort de t'alarmer, mon mari. Ah ! certes, nous aimons notre voisine, elle le sait bien. Elle est de notre famille, pardi ! Quand il y a chez nous un fin morceau, est-ce que nous ne l'invitons pas à venir le goûter ?

Ces pauvres, plus ils tâchaient de dissimuler leurs inquiétudes, plus ils provoquaient les méchants soupçons des camarades. Et, sans doute, Guittou fut convaincu que les patrons d'Agnès avaient emprunté à leur voisine, car il partit d'un gros rire, il agita son corps comme s'il eût donné contre le mur des coups de cognée :

— Ah ! ah ! Durante n'est pas sotte.

— Certes, non. Elle est même aussi intelligente que bonne.

— Ah ! ah ! Je m'amuse énormément !

Guittou s'amusait, en effet, se tenait les côtes, se tapait sur le ventre. Guittounet aussi.

— Toutes ces histoires à cause d'Agnès ! s'écria Garrigues.

Violent, le chapelier poussa les chaises dans son magasin et rentra. Garriguette, à son tour, disparut, soulevant sa robe des deux côtés, afin de marcher plus alerte vers la cuisine où leur bonne, pendant qu'ils se tourmentaient, sommeillait paisiblement.

Les camarades épièrent une dernière fois le balcon de Durante : ils comprirent avec émotion qu'un malheur passait sur la maison des Garrigues. Ceux-ci, des orgueilleux qui évitaient de se mêler aux fêtes du quartier, avaient dû emprunter des mille et des cent : on ne les plaignit guère.

Le silence, dans la nuit, dégageait une tendresse peu à peu, une mélancolie d'âme simple et lasse. Le ruisseau continuait son ramage, comme le rossignol au fond du bois.

Soulayrol, cependant, ricanait dans sa moustache. On croyait qu'il se moquait encore des Garrigues ; mais, en réalité, Durante lui avait aussi prêté de l'argent, et il affectait de la gaieté pour détourner les soupçons. Comment, d'ailleurs, l'eût-on soupçonné, ce pâtissier de haute lignée, à qui tout Pézenas accordait presque la fortune, surtout après les réparations qui avaient si richement transformé son magasin, son four et son atelier ?

La demie de dix heures sonna, lourde, en coup de marteau bourru :

— Bigre ! gémit Guittou. Je crois qu'on s'oublie !...

Et les camarades spontanément se séparèrent, en se souhaitant des rêves d'or, comme des demoiselles.

XIX

BELLES PROMESSES

C'était la pleine moisson. Les faux luisaient au soleil, les blés tombaient en tas, comme des hommes. Les meules, plus hautes que des maisons, s'alignaient sur les aires. Là, des machines ronflantes broyaient les épis ; des sacs blancs, gorgés de grains, fleurant la terre et la farine, chargeaient les charrettes. Des chevaux aussi, au bout d'une corde, couraient en cirque sur les gerbes éparses, pendant que les vans se balançaient, triant l'ivraie du bon grain. Et les charrettes cahotantes, heureuses de la récolte, se rendaient au moulin de Roquemengarde.

Quelle animation chez Jérôme !... Le maître lui-même, dans le premier feu, se donnait tout entier. Ses enfants, radieux de le voir si sage, espéraient une fois de plus qu'il allait guérir, dans la fréquentation des paysans qui ne songent qu'au travail et à l'argent. Quant à Santou, il négligeait presque Jacquounel, tant il avait à s'occuper des autres bêtes. Déjà, le hangar, l'écurie, ne suffisaient pas à contenir le peuple de mulets et d'ânes, les carrioles et les charrettes arrivant de toutes parts. Du matin au soir, les moissonneurs appelaient Santou à l'aide. « Santou, regarde donc que ce tonnerre de mulet ne mange pas le fourrage de mon âne !... Fais boire mon beau cheval !... Prends garde aux mouches qui dévorent mon ânesse grise... » Santou aimait d'une égale affection ces bêtes qui, sans leurs maîtres jaloux, se seraient si bien arrangées ensemble.

Le mardi de la justice de paix, on loua, pour tenir Roquemengarde, des paysans qui avaient gagné quelquefois des journées dans les moulins. Ne fallait-il pas que la famille au complet, même Santou, vînt auprès de M. Crax déposer ses témoignages ?

Pourtant, la veille encore, Jérôme prétendait qu'il n'abandonnerait pas son domaine.

Sa fille et son gendre le supplièrent pour la centième fois, le matin. Il eut du plaisir, de l'orgueil, d'être flatté, adoré comme un roi ; enfin, il n'hésita plus. D'ailleurs, c'était une bonne occasion de se remettre chez Guittou, qu'on n'avait pas revu depuis qu'au village de Castelnau, une nuit de dimanche, Jérôme avait perdu l'argent de son armoire. Peut-être irait-on au café boire de la bière et jouer à la poule. Or, Roquemengarde rapportant chaque jour de gros bénéfices, le meunier traînait dans sa poche des pièces et des billets de banque, et il projetait, en se croyant un homme très raisonnable et très pratique, de remplacer au jeu l'argent qu'il avait perdu.

Avant de partir, on mangea un morceau ; chacun soigna sa toilette. Ils voulaient tous, même Claude, prouver à Pézenas, dans cette audience où viendrait du monde des quartiers les plus reculés, qu'on était cossu à Roquemengarde.

Claude endossa la veste noire de son mariage et une chemise bleue empesée. Peyrine arbora son chapeau de paille, léger comme un raisin : là-dessous, à la lueur dorée de la visière ornée de plumes blanches, son long visage de brune, avec les yeux frais, la bouche plus rouge qu'une fleur de pommier, resplendissait de bonheur. Elle mit ses souliers à boucles d'argent, presque pareils à ceux de M. le curé, des bas bleus, une robette en coton bleu si habilement reprisée çà et là qu'une couturière n'aurait pu remarquer les déchirures que les haies de Clermont y avaient causées, durant les fiançailles. Et le corsage !... rondelet, ferme, attaché très haut par une agrafe, un scarabée de nacre que les parents de Claude avaient donné à son épouse. Alors, si jeune et gracieuse qu'on n'aurait pas dit une femme mariée, mais une demoiselle partant à la recherche d'un mari dans une foire, elle grimpa sur le bât de Jacquounel, et en avant !...

Jacquounel sans doute connut le prix de son fardeau. Car, tout en humant la rosée brillant encore sur les talus ombragés du chemin creux, il sautillait avec espièglerie, avec la joie de bien sentir la femme ; il la faisait danser, comme au bal. Il sautillait, sautillait gentiment : et Santou, la blouse flottante, courait du même train, pour ne pas lâcher la bride, et poussait des oh ! oh !... de surprise ravie.

Jérôme, lui, riait en silence, glorieux de laisser sa famille s'égayer honnêtement aujourd'hui. Son costume de velours gris, un costume de meunier à gros boutons de corne, il l'étrennait, ainsi que sa cravate rouge, ainsi que le vaste panama qui projetait une ombre douce pailletée d'étincelles sur son visage osseux où, à force des fatigues de la ripaille et de la misère, les veines s'étaient enflées, rougeâtres, en un relief de sarments noueux. Il marchait d'un pas rude, en toussotant, avec la volonté d'imposer aux moissonneurs qui, de part et d'autre du chemin, travaillaient pour son Roquemengarde.

Dès la porte Saint-Jean, ils aperçurent autant de monde dans la rue qu'un jour de marché. Pour éviter les taquineries des camarades, Peyrine descendit de Jacquounel. Santou, ayant pris sa place, fila droit à la Justice de paix.

C'était midi. Le monde grouillait le long des maisons, aux bords du ruisseau. On entendait au fond des magasins, dans les cuisines, le cliquètement des fourchettes, l'éclat des rires, le bavardage des discussions au sujet des deux procès-verbaux.

Les Guittou, dans leur étroite cuisine qui prend jour sur un cul-de-sac, achevaient de dîner. Parmi la reposante pénombre, ils distinguaient à peine les anciennes casseroles pendues au mur, les gousses d'ail rangées au plafond, la laine rouge qui borde le manteau de la cheminée, les chaises tapies dans des coins.

Jérôme et ses enfants entrèrent à l'improviste, familiers, s'assirent autour de la table. Jérôme faisait le joyeux, l'insouciant :

— Hé bé ! ça marche, l'appétit ?

— Pas trop mal ! répondit Luc, qui regardait sa cousine.

Celle-ci et Claude, dans l'appréhension que leur maître ne commît une arrogance, tremblaient un peu. On se tut un moment. Jérôme, seul, bourdonnait une chanson avec un air de gloriole qui énerva bientôt Guittou finissait de manger, son couteau dans une main, son verre dans l'autre :

— Té ! Luc ! ordonna-t-il. Tout de même, apporte un verre à ton oncle et à tes cousins.

Lorsque son fils eut débarrassé la table et apporté les verres, il lâcha son couteau, empoigna la bouteille et servit à la ronde. Puis, pendant qu'on trinquait selon la coutume, il proféra, grave :

— A la santé du moulin !... Et alors, espérons que vous saurez y rester.

— Je l'espère !... je l'espère !... fit Jérôme. Guittou, repu, se renversa sur le haut dossier de sa chaise. Tout en extrayant avec son pouce, enduit du cirage de la matinée, un morceau de roquefort qui s'était collé dans une molaire, il bafouilla, la bouche ouverte :

— Vous allez donc perdre une journée !

— Ce n'est pas notre faute, minauda Peyrine. Vous aussi, d'ailleurs...

— Nous autres, ce n'est pas à comparer. Nous avons du travail depuis le premier de l'an jusqu'à la Saint-Sylvestre. Les clients qui ne nous rencontreront pas aujourd'hui dans la boutique reviendront demain. Mais je suis tranquille, il ne viendra personne. On sait que nous sommes convoqués à la justice, chez M. Crax.

— Bah ! ricana gaillardement Jérôme. Bientôt nous perdrons d'autres journées et peut-être des nuits pour le mariage de mon neveu.

— C'est vrai, répliqua celui-ci. Nous aug-

menterons bientôt la maison. Je prends une femme d'ordre et de...

— Fils !... interrompit Guittou. Ne parlons pas de toi, ce n'est pas l'heure.

— Pourquoi donc ? protesta Jérôme. Même voyons, est-ce que vous n'auriez pas dû nous annoncer plus tôt ce mariage ?

— Ah ! par exemple, tu as du toupet !. Pourquoi tu n'es pas descendu me voir ce deux dimanches ?

— Allons, calme-toi. Ce n'est pas le jour de se disputer... Allons, je ne dis pas, j'ai eu tort.

— Oui, tu te repens, et voilà, tu crois que tout est fini... Tu te repens, et ta conscience est à l'aise, et tu te figures que tout est arrangé... Je te jure que si tu ne t'étais pas enfin présenté chez moi, je ne serais monté chez toi que pour te demander des comptes.

— Des comptes ? Des comptes ?... grogna Jérôme, effrayé déjà d'avoir à rembourser sa créance.

— Mon oncle, intervint Claude d'une voix brave, nous travaillons tous beaucoup, le moulin a pris sa marche régulière ; ne considérez donc que la bonne époque d'à présent, donnez-nous votre approbation.

— Enfants, c'est à cause de vous que je ne veux pas m'inquiéter. Oui, je ne le proclamerai pas au milieu de la rue, mais croyez-vous que je ne sois pas fatigué de me ruiner pour votre père ?... Me rembourseras-tu au moins, Jérôme ?

Le meunier posa une main sur son cœur, étendit l'autre fièrement, après avoir relevé son chapeau de paille sur le front ; et les yeux égarés dans ses rêves du jeu :

— Je promets, déclara-t-il, que mon frère Guittou peut dormir tranquille !

— Maintenant que mon fils va se marier, je me dois tout à lui... Vous autres, si vous faites quelque chose de travers, vous vous démêlerez... Pardi, il faut de l'argent pour un mariage, je n'en ai pas, et vous, vous en gagnez... Un de ces soirs, je viendrai avec mon fils causer avec vous de toutes nos affaires.

— Oh ! oh !... s'exclama Jérôme, effrayé d'avantage.

— Que dis-tu ?

— Rien, rien... Je voulais dire que nous nous entendrons facilement.

— Hé bé, buvons alors à la santé de Luc et d'Agnès !...

Des nouveau Guittou remplit les verres

On but. Peyrine se maniérait avec tant d'élégance, trempant à peine ses lèvres dans le vin, quand elle buvait, que Luc, après avoir d'un trait vidé son verre, la considéra longuement, avec la face concentrée d'un jaloux. Il songea que, grâce au mariage, Agnès aussi deviendrait jolie, et qu'à force de manger à une table de maîtres, elle aurait un corsage bien fourni, des joues pleines et rouges, et des dents blanches, comme Peyrine.

XX

L'AUDIENCE

Une rumeur s'élevait dans la rue, la rumeur d'un train qui descend de la colline d'Aumes à travers la plaine. Les voisins, tous ensemble, plus nombreux que le jour du tirage au sort, s'ébranlaient pour se rendre à la Justice de paix.

C'était un troupeau, que Campal, en vrai chien de berger, harcelait de taquineries et de rires. Au milieu marchait Fabarote, le héros du jour, paradant en son beau costume, la chemise blanche, les bottines cirées, le gilet de velours du lundi de Pentecôte où la breloque d'argent tressautait bien en évidence. Il exhibait sa casquette neuve, neuve de dix ans, depuis le mariage de Campal, une casquette en soie, réservée aux enterrements et aux mariages, et légère, miroitante, qui avait des plis savants, et dont la visière arrondie effleurait le bout du nez. Fabarote, en homme tranquille de sa conscience, fumait son petit cigare : le monde l'accablait de tant de recommandations et de conseils qu'il se contentait de hocher la tête à droite et à gauche.

Les chiens même suivaient, flairant les pantalons et les jupes, jappant avec les enfants qui avaient pris congé, cette après-midi. Rosette portait une ombrelle, pour montrer à Durante qu'elle en possédait une aussi. Mais ni l'une ni l'autre ne s'en servaient : elles faisaient les belles dames, voilà tout, côte à côte.

Boipau, parmi les hommes, marchait devant, les mains au dos, riant tout seul, il savait bien pourquoi. Bientôt, à l'automne, les gens le salueraient avec respect, de même qu'ils saluaient Durante.

Agnès, qui n'était encore qu'une domestique, marchait en arrière. Depuis la conclusion des fiançailles, elle n'entrait plus chez les Guittou. Mais Luc la reconnaîtrait bien, de loin, à ses boucles d'oreilles et à ses mitaines.

Garriguette, malgré les chaleurs, s'était enveloppée de son châle de cérémonie, un châle de cent francs à menus carreaux de toutes couleurs, un arc-en-ciel. Son mari, au premier rang, se distinguait par un chapeau melon dont les vastes bords, ressemblaient à ceux de la barque de Patalocco. Auprès de lui se tenait Soulayrol, la main dans le gilet, en une pose de grand homme ; on n'aurait certes point deviné, à cette lévite noire dont les basques frémissaient à chaque pas, un pâtissier de Pézenas.

Au bruit du troupeau, les Guittou, qui étaient prêts d'ailleurs, vinrent se joindre aux camarades, en serrant les mains, en caressant les épaules des femmes. On enfila des ruelles où coulaient toujours des ruisseaux ; on traversa la place du quai, un quai sans rivière. Les hommes des magasins, en train de fumer la pipe sur le trottoir, les ménagères acagnardées à coudre, se remuèrent en riant, comme au passage d'un cirque américain promenant sa parade. Et on criait, même de très loin, de la halle aux herbes :

— Baquenoi, savez-vous, descendait de la mairie tout à l'heure... Même qu'il portait un képi neuf.

— Un képi qu'il a acheté à Béziers, ce nigaud, comme si à Pézenas on n'en vendait pas !... répondit Garrigues.

Le troupeau, grossissant à mesure de tous les curieux de la ville, disparut par d'autres ruelles, où les oiseaux s'égosillaient dans leurs cages. Au fond d'une rue spacieuse, après le collège, il pénétra sous une voûte mal réchampie, puis dans une vaste cour, où l'herbe poussait, où s'élevait une longue et haute bâtisse aux fenêtres sans rideaux.

On s'engouffra dans le couloir ; par un escalier sonore, on atteignit la salle de la justice. Déjà, dans la partie ménagée au public, il y avait foule. Santou, seul, bien tranquille, s'était assis sur un banc, le premier, après avoir là-bas, dans la cour, attaché Jacquounel à un anneau de la muraille. Peut-être Santou songeait au soleil de la plaine, au moulin si heureux parmi ses verts feuillages, et sous les murs duquel l'eau ronfle comme le feu dans un four.

Bien que les témoins eussent leurs bancs réservés, l'huissier Glossair éprouva de la peine à les caser, autant de peine qu'à imposer du silence. A chaque instant, un rustre de la foule inventait quelque facétie, entamait un discours politique. Pauvre huissier! Rubicond et replet, des lunettes sur le nez, une barbe grise hérissée de colère, il suait, s'agitait, courait dans sa robe noire dont les amples manches accrochaient parfois un chapeau de femme ou des oreilles. On étouffait. L'huissier dut ouvrir les fenêtres; pour ne plus laisser entrer du monde, il ferma la porte au loquet.

Cette salle exiguë rappelait à Garrigue une étude du collège, avec ses murs glauques, son plafond noir à poutrelles, ses gros bancs de chapelle villageoise. Au fond, sur un tréteau, émergeaient trois tables recouvertes d'un tapis noir à bande jaune: la plus grande, au milieu, attendait M. le juge; à gauche du juge, celle où le commissaire de police s'installait déjà, un commissaire né à Paris et qui peignait sa barbe blonde d'un air hautain; à droite, celle où l'huissier ne s'asseyait pas deux minutes, tellement il s'occupait à crier: Silence! silence! de sa voix rouillée et maussade. Personne ne le craignait, ce petit Glossair, puisqu'il était né à Pézenas. Il avait beau menacer, la foule criait plus fort que lui; les moins hardis même le défiaient:

— Ouais!... Glossair, te voilà maître d'école!... Combien le gouvernement te paye pour nous surveiller?... Dis-moi, ce brave juge, où tu l'a mis? Est-ce qu'il nous gardera longtemps?

Le commissaire, qui n'était pas chargé de la police des audiences, souriait, narquois.

Soudain, un cri partit du troupeau paisible des témoins. C'est Campal qui sautait de son banc, et, levant les bras, interrogeait la foule:

— Et Patalocco?

— Diable! Où est-il?... Pardi! il doit pêcher aujourd'hui que Baquenoi comparaît devant M. le juge.

Mais on cognait à la porte. Ce fut Patalocco, sa tête longue à larges favoris, sa tête poisseuse qui haletait d'avoir tant couru. Aussitôt impressionné par tant de monde, lui, l'homme des solitudes, il ôta son béret. On le laissa circuler, ce personnage. Baladi-

baladan, sur ses jambes tordues, il gagna le premier banc, auprès de Fabarote.

Puis, Baquenoi entra, magnifique, en blouse neuve à collet rouge, le képi neuf sur ses cheveux blancs. La foule un moment dut l'admirer. Fabarote le salua d'un coup de casquette, Patalocco le plaisanta:

— Es-tu de mauvaise humeur aujourd'hui, garde?... Voyons, est-ce qu'on se brouille pour un verbal?

— Non. Tu as raison, je n'ai ni haine, ni rancune. J'accomplis simplement mon devoir.

— Tu es un traître! s'écria un inconnu de la foule.

A cet outrage, l'huissier se dressa avec indignation; puis, solennel, parla:

— Messieurs, si vous continuez ce vacarme, je vous fais tous sortir!...

— Té! Glossair, tu ne veux pas que nous te chassions par la fenêtre, nous autres, espèce d'écrivain!... C'est à nous, la Justice de paix!... Nous sommes des contribuables, nous autres, et des citoyens, tes égaux!...

Glossair battait l'air de ses manches, gémissait, suppliait. On ne l'entendait plus.

Seulement, tous les yeux s'ouvrirent ensemble, ardents et attentifs. Glossair comprit que M. le juge se présentait. M. le juge, en effet, ainsi qu'un prêtre apparaissant de la sacristie, montait sur son tréteau par la petite porte du fond. Un beau juge dans cette robe noire au rabat tuyauté, sous la toque en forme de tour. D'abord gêné devant une si nombreuse affluence, lui qui avait l'habitude d'expédier les affaires en petit comité, il débarrassa lentement des manches de sa robe ses mains fines et maigres. On vit briller à l'annulaire son alliance d'or, une alliance vaine, puisque M. le juge n'était pas marié; mais il lui plaisait de le paraître, de se poser en homme de bien et de vertu. Ne disait-on pas, dans Pézenas, qu'aux prochaines élections législatives, des amis sûrs lanceraient la candidature de M. Crax? Aussi s'efforçait-il d'augmenter ses partisans, de fortifier sa popularité.

M. Crax, naturellement, était de Pézenas, de race profonde. Son père, un des plus considérables marchands de vin du pays, l'avait élevé dans ce vieux collège, d'où le juge pouvait aujourd'hui, de la fenêtre de son cabinet, contempler le jardin botanique. Au cercle, ses camarades de classe le plaisantaient sur ses pénibles travaux d'étudiant au baccalau

éat, et riaient de son masque grave de jus-
ticier. Il n'était pas le dernier à rire, d'ailleurs.

M. Crax avait sollicité sa charge par
dilettantisme, afin de ne pas trop s'ennuyer
dans son existence de rentier célibataire,
réduit à jouer aux cartes dans les cafés du
matin au soir, à se promener durant des
heures interminables sous les platanes du
Planol. Dans l'exercice de sa charge, le goût
lui vint tout doucement de s'étaler et de parler
au peuple. Maintenant, ma foi, il était tenté
de nouer à ses reins une écharpe de député
et d'aller à Paris voir des femmes bien vêtues,
fréquenter des théâtres bien éclairés. De na-
turel modeste en somme, d'apparence timide,
il échappait avec mille précautions aux mé-
disances. Ses manières étaient empreintes
d'une simplicité, d'une certaine nonchalance
qui étonnaient en séduisant. On l'aimait; on
le prônait un homme savant et distingué,
qui jamais n'avait fait perdre un sou à qui
que ce fût. S'il entrait à la Chambre, on pos-
séderait au moins dans Paris un citoyen de
Pézenas, un vrai compatriote né au cœur de
la ville, près de la halle, connaissant son
clocher, respirant son esprit et son âme, et
non plus un de ces avocats de Béziers qui ne
cherchent dès leur élection qu'à conquérir la
fortune et à devenir ministres.

Ainsi donc, M. Crax se laissait vivre dans
les plus glorieuses espérances. Seulement,
il ne lui faudrait pas rencontrer chaque semaine des affaires aussi scabreuses que celles
d'aujourd'hui. La Providence semblait déjà
vouloir l'éprouver. A lui de démontrer au
monde avec quelle adresse il savait se tirer
des pires embûches.

Impossible d'hésiter : Fabarote et Patalocco
avaient tous deux enfreint les lois. M. Crax
allait-il les condamner ? Mentirait-il à son
laborieux passé d'indulgence ? De quels sar-
casmes ne serait-il pas poursuivi dans la rue
Saint-Jean, à travers toute la ville, s'il touchait à Fabarote, un boutiquier si ancien, un
sage qui depuis la guerre refusait d'entrer au
conseil municipal ?

C'est que, pour l'embarrasser, M. le maire,
son rival peut-être aux élections législatives,
avait nommé dernièrement parmi les gardes
un noceur repenti, le plus hargneux des
fonctionnaires. Baquenoi n'était pas mal-
léable du tout. Lorsqu'une fois il avait conçu
qu'un maraudeur méritait l'amende, il
s'acharnait après lui sans relâche. Lors des

quatre audiences où Baquenoi était venu
porter sa parole sévère, des disputes avaient
éclaté entre lui et le juge, pourtant si débon-
naire.

Aujourd'hui, la bataille s'annonçait terrible.

Baquenoi, debout contre le mur, les
regards fixés sur le peuple, attendait avec
impatience l'instant de venger l'autorité
municipale trop bafouée en sa personne.
M. Crax, qui était myope, examinait son tas
de paperasses sur la table, rangeait d'un
geste fiévreux ses lunettes à branches d'or et
à verres fumés. Enfin, il dévisagea tout son
monde, ôta gravement la toque. On vit alors
sa jolie tête lavée, sa moustache rousse, ses
pommettes saillantes, son crâne chauve
glacé comme une porcelaine rose où floris-
sait, sur le sommet, une énorme verrue rougeâtre pareille à une de ces petites poires de
la Saint-Jean que les écoliers vont le jeudi
dérober dans les enclos.

Il prononça dans le silence :

— Huissier, lisez !...

Glossair saisit la requête, un papier timbré
couvert de sa grosse écriture, et appela Patalocco. Celui-ci, tout déhanché, s'avança vers
le tréteau, son béret dans les mains. Bientôt,
Glossair ayant terminé sa lecture, M. Crax
poussa un soupir ; puis, son menton gras-
souillet entre les doigts, il interrogea l'ac-
cusé :

— Voyons, Patalocco, reconnaissez-vous
les faits qui vous sont reprochés ?

— Ma foi, monsieur le juge, oui, je les reconnais. Seulement, j'en demande excuse,
ce n'est pas moi qui ai causé le scandale de
la rue Saint-Jean.

— C'est bien. Attendez.

M. Crax tourna vers Baquenoi ses lunettes
noires, sa face rosée qui spontanément changea d'attitude. Car il parla rogue, avec une
moue d'irritation :

— Et vous, qu'avez-vous à répondre ?

— Moi !... La requête ne relate pas encore
les trois quarts de la vérité.

— Bon !... Avec vous, il n'y aurait que
des pirates à Pézenas, plus de pirates qu'au
Tonkin.

— Monsieur le juge !... Patalocco détruit
beaucoup de poissons dans notre Hérault...
Depuis ma nomination, c'est-à-dire depuis
un mois, je le guettais chaque jour et j'ai
fini par le prendre... Il faut lui infliger une
leçon, je le répète !...

— Assez !... La cause est entendue... Vous,

Patalocco, il est évident que si, aux environs de Pâques, vous détruisez le poisson de l'Hérault, vous n'aurez pas des pêches abondantes en été, à l'époque où les bonnes fritures de cette rivière ont tant de succès. Vous privez donc vos concitoyens d'un mets fort prisé en même temps que vous endommagez vos propres intérêts, comprenez-vous?

— Oui, monsieur le juge.

— Eh bien, ne soyez pas cruel !... En outre, vous le voyez, on vous surveille.

Patalocco, intimidé par la foule qu'il sentait grouiller derrière son dos, étendit les bras en tâtonnant, comme s'il eût cherché à les poser sur ses rames, et d'un élan il répondit :

— Que voulez-vous !... La nature, c'est plus fort que moi !... Ah! pas moins, ce brave Baquenoi! Il sait bien que je ne suis pas méchant, que je ne maraude jamais, et qu'autrefois, je lui donnais de mon poisson.

— Je te le payais quand tu me le donnais... D'abord, tout ça n'est pas la question... Monsieur le juge, cet homme mériterait plus qu'une amende.

— Vous, Baquenoi, je ne vous ai pas interrogé. Seulement, puisque vous parlez, dites-moi si vous êtes sûr que Patalocco récidivera... Non? Hé bien !... D'ailleurs, il me promet d'être raisonnable, d'observer la loi, cette loi que nous n'avons pas votée, nous autres, mais que tous, du plus grand au plus petit, nous devons également subir... Bien! la cause est entendue.

M. Crax, s'étant mouillé les doigts aux lèvres, feuilleta de nouveau ses dossiers. Patalocco se rasseyait sur le banc avec modestie, tandis que Baquenoi, roulant ses gros yeux, ruminant dans sa barbe, tapotait le parquet à petits coups énervés de sa canne.

Dans la foule, on admirait le juge, on se remuait agréablement.

— Tout de même, M. Crax parle bien. Tu as vu comme il t'a mis Baquenoi à sa place. A la Chambre, il va t'écraser les ministres par des interruptions!

Le commissaire de police, les jambes étendues, se peignait la barbe indolemment, portait souvent son mouchoir, parfumé de violette, sous le nez, pour éviter l'odeur d'écurie qui se dégageait du peuple. Glossair, bouffi dans sa robe, appela Fabarote, puis entama la lecture d'un second papier timbré, mais rapidement, en tourbillon cette fois, pressé qu'il était d'aller arroser son jardin, à la grand'route de Montagnac.

Fabarote, sa casquette en main, s'avança vers le tréteau, fixa sur ses jambes courtes sa corpulence, son ventre bienheureux où pendait la breloque d'argent. Cependant, Glossair n'en finissait plus de lire son histoire nouvelle; enfin, il cracha, retroussa ses manches et s'assit à sa table.

M. le juge, alors, posa les mains sur ses dossiers, leva le front avec beaucoup de respect devant un vieillard qui était de la génération de son pauvre père, et il le questionna:

— Reconnaissez-vous, monsieur Fabarote, les faits qui vous sont reprochés?

— Oui, monsieur Crax.

— Ah !... Ici, il n'y a plus de M. Crax. Je suis un magistrat, je suis monsieur le juge, comprenez-vous?

— Oui.

— Eh bien, savez-vous que ce lundi de Pentecôte, vous avez oublié, vous aussi, qu'il existe des lois interdisant à quiconque d'offenser la propriété d'autrui?

— C'est la première fois, pécaïré, que ça m'arrive. Ce sera la dernière, je le jure.

Fabarote leva sa main droite solennellement.

Dans la foule, on se mit à rire. Mais le juge, rien que de hocher la tête, imposa le silence. Et brusque, il interpella le garde :

— Vous, qu'avez-vous à m'apprendre?

— Oh! rien. Fabarote avoue lui-même son délit... Quant à moi, je me demande si un citoyen, même les plus sérieux de Pézenas, a le droit de fouler les moissons. Si chaque jour chacun de nous détruisait pour plus de vingt francs de blé, les moulins ne travailleraient guère.

— Garde, je remarque d'abord que vos expressions et vos manières manquent de déférence envers la magistrature. Entendez-vous?

— Hé!... Je m'emporte, parce que je soupçonne qu'il en sera de cette affaire comme de la première.

— Garde! je n'ai d'ordre ni de conseil à recevoir de personne!... Oui, je le répète, si vos collègues traquaient avec autant de ténacité les gens de leur territoire, tous les habitants de Pézenas défileraient devant moi... Ce n'est pas une audience par semaine qu'il me faudrait tenir, c'est une audience par jour!... Entendez-vous?... Voyons, dans nos campagnes de l'Hérault, il n'y a pourtant que vos compatriotes, des hommes, après tout !...

Dans la foule, on murmurait des bravos;

cette rumeur bienveillante encourageait M. Crax.

Baquenoi commençait à défaillir. Seul, réprimandé par son maître au milieu de tant de monde, il baissait le front, penaud, et se rongeait les poings.

— Quant à vous, poursuivit le juge s'adressant à Fabarote, je vois avec regret ici vos cheveux blancs... Quelle douleur ce serait pour votre famille si vous tachiez, à votre âge, un casier judiciaire qui est intact! Allons, apportez désormais plus de discernement dans vos démarches, même un jour de fête. Pour cette première contravention, j'userai de clémence... Ma foi, il ne me paraît pas utile d'entendre les témoignages de ces messieurs et de ces dames... Vous ne récidiverez pas, je pense, monsieur Fabarote?

— Certes non.

— Vous pouvez vous retirer.

La foule aussitôt se bouscula, en des remous. Les hommes se recoiffèrent de leurs chapeaux ou de leurs casquettes, les femmes arrangèrent les plis de leurs robes. On riait sous cape, on épiait Baquenoi de travers, en sortant. Ce fut un désordre pire qu'à la sortie de la messe. Plus on poussait, moins on avançait.

Dans l'escalier, on s'arrêta un moment; puis on repartit soudain, en une dégringolade de futailles. Campal, au milieu du peuple, clama :

— Voici notre garde qui arrive!...

On se détourna et l'on vit, en effet, Baquenoi, là-haut, sur la première marche, dressé dans sa blouse luisante. Sous le képi à large visière, sa face rose de bon seigneur, à la barbe fleurie, riait pleinement, comme autrefois :

— Ah! par exemple! cria-t-il. Les campagnards peuvent bien danser la farandole sur mon territoire!... Quoi! me faire du mauvais sang pour n'attraper que des réprimandes!... Ah! la terre a vécu jusqu'à moi, elle vivra bien après!... Et aïe donc!... Allons-nous-en nous promener à la rivière et fumer la pipe sous un olivier!...

— Bravo!... Bravo Baquenoi!...

On lui tapa sur les épaules, on le souleva violemment d'un groupe à l'autre. Les bras en l'air, dodelinant de la tête, Baquenoi riait davantage :

— Pourtant, non! dit-il. Laissez-moi... Oh! pas à cause de mon autorité, que je m'en moque maintenant!... Mais à cause de ma blouse et de mon képi!...

XXI

JÉRÔME S'ÉMANCIPE

Le peuple, d'un flot, s'était répandu dans la cour, jouant à échanger des coups et des ruades.

Durante, effrayée, se faufilait le long des murs, à la suite de Boipau, qui lui traçait un sentier, un peu de place, ainsi qu'à Rosette. Fabarote, égaré parmi tous ces hommes en joie qui faisaient la bataille, s'efforça de s'évader. Seulement repoussé de-ci, de-là, il enfonçait sa casquette, s'abritait le visage de ses coudes. Soulayrol et Campal se mêlèrent bravement aux coups et aux ruades.

Santou, à l'écart, appelait ses maîtres à grands cris :

— Mon Jacquounel!... Je ne le trouve plus!... Où me l'a-t-on amené?

Santou se désolait, suppliait cette cohue de rustres ivres de bruit, lâchés comme dans une émeute. Dans leur brouhaha, ceux-ci n'entendaient ni les lamentations de Santou, ni les prières de Jérôme. Et les coups continuaient de pleuvoir, les chapeaux de voler, les bras et les jambes de ruer.

Tous les Guittou, en famille, cherchèrent Jacquounel : en vain, pécaïré!... Où diable s'était-il fourré?

— Ah!... gémit Santou. Quelqu'un nous l'a volé!...

— Je voudrais bien voir, riposta Jérôme.

Jérôme, pour soulager sa colère, courut après Santou, le poursuivit d'injures et de menaces :

— Nigaud!... emplâtre!... tu ne sais donc rien faire?... Comment l'avais-tu attaché, ton âne?

Santou n'entendait point. Toute la famille, ainsi qu'Agnès, se lamentait si fort que les rustres, d'ailleurs fatigués, interrompirent leurs bourrades pour écouter ces gens du moulin qui jappaient ensemble, comme des chiens à la lune.

Personne n'avait aperçu Jacquounel. A coup sûr, on l'avait volé, on l'avait conduit dans quelque campagne lointaine. Roquemengarde ne le verrait donc plus : dans une maison étrangère, il ne tarderait pas à mourir. Alors, Santou, ses mains sur la face, pleura, de même que si désormais il eût été seul au monde.

Jérôme, honteux qu'un habitant de Pézenas eût osé attenter au bien de Roquemengarde, réfléchissait, le menton sur les poings, lorsque son frère, qui jusque-là était resté muet, à fureter des yeux partout alentour, à faire travailler son esprit, s'ébranla subitement. Il joua des coudes pour écarter les rustres assemblés, s'avança vers Santou et lui dit :

— Voyons, ça ne sert à rien de pleurer. Où avais-tu attaché ton âne ?

— Là... à l'anneau qui est dans le cadre de la porte du couloir.

— En es-tu sûr, bien sûr ?

— Oui, pardi... A présent, ne me troublez pas.

— Que portait-il ?

— Il portait son bât. Je lui avais mis ses œillères du dimanche qui ont des pompons de laine rouge...

— Bien. Impossible, par conséquent, de le confondre avec ses camarades. S'il est parti en promenade vers le quai de la Farelle, vers le quartier du château, qui est tout peuplé de mules et d'ânes, ou si quelque farceur nous l'a dérobé un moment, nous le retrouverons sans peine. Il n'y a qu'à le faire publier en ville par Pantouket.

— Pardi !... Ah ! ce Guittou !... On dirait qu'il dort, qu'il ne pense à rien, puis, tout d'un coup il découvre le moyen de sauver la situation !...

Et la foule, amusée, répéta autour de Guittou ces louanges de Jérôme.

On s'ébranla tous, en multitude, dans un nuage de poussière. Au collège, Pantouket, en train de balayer le devant de sa loge, s'alarma véritablement à la vue de ce monde, de ces chenapans hardis qui déjà se disposaient à envahir la cour d'honneur :

— Ouais ! s'écria-t-il, son balai en main. Croyez-vous, parce que mon principal est en vacances, que je vous laisserai pénétrer dans le collège ?... Je n'accepte que les Guittou...

D'un geste franc, il accueillit la famille du boutiquier, puis referma la lourde porte papelonnée de ferrures. La famille Guittou, si nombreuse, les vieux, les jeunes, les fiancés, Santou enfin, eut vite rempli la loge.

Pantouket dut se cacher au fond, derrière un rideau, afin de procéder à sa toilette d'une façon décente. Il revêtit son costume de Crimée, accrocha son tambour de chêne et de cuivre au ceinturon de grande cérémonie, et le bonnet de police sur l'oreille, les moustaches appointées, il ouvrit la marche.

C'est lui maintenant que le peuple escorta.

Les Guittou, pour se dérober à la curiosité publique, s'échappèrent par des ruelles tortueuses où ne descendait jamais un rayon de soleil. Agnès, au coin d'une impasse, embrassa précipitamment son Luc, et sournoise, le cou dans les épaules, déguerpit d'une trotte chez ses patrons.

La rue Saint-Jean avait appris tout à l'heure, au retour de Fabarote et des camarades, l'aventure de Jacquounel. Sur le pas des portes, ainsi que dans toute la ville, d'ailleurs, on riait, on bavardait sur le compte des Guittou.

Ceux-ci, bientôt installés dans leur boutique, buvaient de l'eau de noix en guise de rafraîchissement.

— Voilà une journée perdue ! se plaignit Guittou.

— Nous devrions retourner au moulin, nous autres, proposa Claude.

— Oui, dit Peyrine. Veux-tu, mon père ?

— Bah ! nous avons loué des paysans pour nous remplacer. Il faut bien qu'ils gagnent leur journée.

— Peyrine a raison, repartit doucement Guittou. Santou restera ici... Avant la nuit, je l'espère, il vous ramènera ce bandit de Jacquounel.

Jérôme, à ces mots, eut un nouvel élan de fureur ; il gronda :

— Santou de malheur !... Tu es plus bête que ton âne !...

— Hé !... larmoyait le domestique. Ce n'est pas ma faute...

— Eh bien, dit Claude, nous partons seuls, nous autres.

Les jeunes époux sortirent.

Au même instant, Patalocco traversait d'un pas mou la place de l'église. Ils se hâtèrent, Claude n'estimant pas du tout ce matelot d'eau douce. Patalocco sentait aussi la méfiance du Clermontais ; pour l'éviter, il ralentit son allure, feignit l'homme d'importance qui s'absorbe en des méditations, qui parle tout seul le long des murs et se tâte l'estomac et les jambes. A la vérité, Patalocco était tout moulu d'avoir séjourné les plus belles heures de soleil dans une salle sans air, gorgée de foule.

Il entra chez Guittou par habitude, comme par mégarde, sans même dire bonjour :

— Té ! Patalocco !...

— Oui, c'est moi, pécaïré !... Vous m'aviez oublié ?

— Tu comprends, dans tout ce tremblement de mon Jacquounel !... Mais tu n'as pas l'air content ?... Pourtant, tu devrais l'être après ton succès à l'audience.

— Allons! dit Guittou. Déridons-nous, que diable!... Tu sais, Patalocco, que nous marions Luc et que sans doute nous devancerons l'époque...

— Quand?

— Ça dépend de mon frère.

Jérôme dressa l'oreille, tandis que Guittou continuait en baissant la voix :

— Voyons, je puis parler sans ambages devant toi qui as également ouvert ta bourse avec une bonté fraternelle. Hé bé, j'ai besoin d'argent pour le mariage de Luc et je n'en ai pas. J'attends que Jérôme me rembourse.

Le meunier, qui traînait dans sa poche son sac de louis d'or plus lourd qu'un pavé, tressaillit d'inquiétude. Patalocco et sourna, au contraire, vers Guittou; d'un air triste et penaud, il lui répondit :

— Tu désires peut-être, mon brave, que je te prête à toi comme à Jérôme?...

— Si, en effet, j'ai besoin que tu me prêtes?

— Pécaïre! Il faudrait pouvoir...

Guittou éclata de rire, en franc camarade que les ruses de ses proches ne trompent point.

— Tu trouverais bien quelque chose en fouillant ta barque?... Du reste, ce n'est pas la question... Va, nous n'avons pas à nous inquiéter, mon cadet me remboursera un de ces jours.

— Certainement! certainement! s'écria Jérôme.

Guittou ne voulut pas insister, bien que maugréant tout de même aux protestations d'amitié que Patalocco, soutenu en sourdine par son frère, lui prodiguait encore. Une minute, il les observa fixement, ces deux compères, dont les mains se touchaient presque sur la table; il les toisa de haut, pour leur marquer son mépris.

Luc, dans la boutique, plantait des clous aux souliers d'un client pressé qui, les pieds nus, attendait devant la porte. On ne percevait que ses coups de marteau, le han régulier de ses efforts.

Dans la cuisine sombre, il y eut un moment de tristesse et de gêne. Guittou souffrait pour la première fois, d'avoir si souvent assisté son frère dans le malheur.

Enfin, les deux compères partirent tout guillerets, insouciants en apparence. En pas-

sant, ils tapèrent sur l'épaule du brave Luc, par gentillesse.

— Hé bé!.. Voilà un fiancé qui travaille!..

Luc, qui sentait bien le chagrin de son père, continua son ouvrage sans lever la tête.

Au dehors, une fois un peu loin, le matelot et le meunier ricanèrent ensemble.

— Hé! hé!... dit le matelot. Ce n'est pas moi, c'est notre Guittou qui n'est pas content!...

— Tu as vu!... Il compte sur l'argent de mon moulin. Oh! certes, je lui rendrai ce que je lui dois. Seulement, il faut d'abord que je garnisse mon armoire. Et puis, est-ce que mon aîné avait besoin de marier Luc Guittounet?

— Pardi! Il semble vraiment que les hommes ne puissent se passer de femmes!

Ils marchaient sans hâte, en gesticulant.

A la placette, ils s'arrêtèrent. Durante, occupée dans l'embrasure de sa porte à tricoter un bas, les interpella :

— Hé bé, et Jacquounel?

— Ma foi, je ne l'attends plus. Ce nigaud de Santou l'attendra chez mon frère.

Jérôme sauta le ruisseau, à la suite de Patalocco, qui tanguait de tout son corps. Là, Fabarote, assis sur son banc, époussetait du bout d'un plumeau une petite enseigne. Il époussetait avec une lenteur méthodique, geignait chaque fois qu'en s'inclinant son ventre ployait trop fort :

— Té! Fabarote qui travaille!... On dirait que tu as peur de te faire du mal.

— Farceur de Jérôme!... Et toi, pourquoi te promènes-tu dans mes parages?

Fabarote profitait des moindres occasions de repos. Il appuya avec précaution l'enseigne contre le mur, retira son mouchoir de la poche. Ensuite, s'étant éponge la face, ayant soufflé à plusieurs reprises, il remua sa casquette pour se donner de l'air au front.

Rosette, les bras nus, trempait sa lessive dans le ruisseau. Très fière, s'imaginant que les hommes la dédaignaient, elle secoua furieusement dans le baquet ses serviettes remplies de savonnade et saisit son battoir. Et en avant de claquer, de battre la musique!... Tellement que son tapage eût contrarié les roulements du tambour de Pantouket parcourant à cette heure les quartiers de la ville.

— Hé bé, voyons! lui cria Jérôme. Auras-tu bientôt fini ton bacchanal!... Te crois-tu donc à la rivière?

— Té, par exemple ! Je suis chez moi, meunier !... D'abord, est-ce qu'on passe sans me rien dire ?

— Que veux-tu que je te dise ?... Je te dirai que tu as de jolis bras, si jolis, si ronds, si grassouillets, que de loin on croirait des jambes.

— Ah ! voilà bien les hommes !... Ils ne peuvent pas rencontrer une femme sans qu'ils éprouvent le besoin de faire les beaux. Té ! adresse plutôt tes compliments à ta future nièce.

Agnès apparaissait sur la porte des Garrigues. Elle portait un grand tablier blanc aujourd'hui, comme la bonne d'un banquier :

— Qué ! s'esclaffèrent ensemble Jérôme et Patalocco. Où tu vas, Agnès ? Tu vas à la noce ?

— Pas encore... Luc est-il chez lui ?

— Il travaille.

— Alors, dis, toi qui es son brave oncle, tu ne pourrais pas aller l'avertir de m'attendre ce soir en allant remplir la cruche à la fontaine ?

— Té ! riposta Patalocco. Cette demoiselle nous prend pour des facteurs.

— Hé bé, mon patron est dans le jardin à repriser des casquettes ; ma patronne sommeille dans sa chambre. Je vais moi-même avertir mon Guittounet.

Et zago-zago, soulevant ses jupes, Agnès trotta le long des murs vers la boutique des Guittou. Ce fut partout un élan d'hilarité, dans la rue et dans les magasins. Rosette, à coups de battoir, écrasait son linge, rejetait alentour des éclaboussures blanches, tandis que les deux compères s'éloignaient en riant.

Le Planol, à cette heure, est un désert de poussière et de soleil. A la vue des platanes, de la plaine verte resplendissant là-bas après les jardins, Patalocco ne songea plus qu'à ses filets. Il s'agita, d'une jambe alerte :

— Dis-moi, Jérôme, si tu m'accompagnais la digue de Castelnau ?

— Tu vois bien que je t'accompagne !

— Ah ! c'est bon... Tu verras que c'est passionnant de pêcher, que c'est doux de glisser sur l'eau comme des lézards dans l'herbe, et qu'on se plaît à ne voir que le visage des branches qui brisent l'eau, à entendre filer le flot, flou, flou, comme une robe de mariée sur un tapis de velours, à entendre les chardonnerets et les roseaux qui vous chantent un refrain, en passant.

— Oui, oui, je t'accompagne... Calme-toi.

— Ah ! si tu voulais, nous serions amis tout de même !

— Ma foi, je ne demande pas mieux... Seulement, mes enfants ne seraient pas contents que je t'accorde un gîte au moulin. Ils me surveillent, surtout Claude... Aussi, depuis quelque temps, je suis sage comme une image.

— Tu les crains ?

— Non pas certes !... Mais ça me tracasse de sentir qu'on m'épie sans cesse, qu'on gronde derrière moi.

— Pas moins, tu es le maître ?

— Oui... Mais il faut tout prévoir. Suppose que le mauvais sort m'envoie de nouveau rouler dans la misère ; avec qui veux-tu que je me sauve, sinon avec mes enfants ?... Et puis, je redoute un danger plus grave peut-être : Guittou, qui a de bonnes relations, pourrait faire passer mon commerce sur la tête de Claude. Tu comprends la difficulté de ma situation, hé ?

— Non, je ne comprends pas. Tu possèdes des ressources, un moulin achalandé, des enfants laborieux... Hé bé ! moi, si tu m'accordes une place chez toi, je te donnerai du poisson, je te payerai mon loyer : tu augmenteras donc tes bénéfices.

— Ne me vaut-il pas mieux d'abord conquérir tout à fait l'indépendance ?

— Comment ?

— Ah ! comment ! Avec de l'argent, pardi !... Si tu veux, ce soir, tu m'accompagneras à Castelnau, je jouerai au *Café du Commerce*, car je sens que je suis en veine, et ensuite avec ton barcot tu me ramèneras au moulin.

Patalocco, fort embarrassé, se gratta la tête.

— Ça, par exemple, ça demande réflexion.

— Non, pas de réflexion, ou je te lâche.

— Oh ! ne t'emporte pas si vite... Pardi !... On pourra bien essayer peut-être.

— Tu sais qu'on joue toute la nuit au *Café du Commerce*, à Castelnau, les riches de cette bourgade... Alors, j'y monterai de temps à autre ; si tu veux, tu me tiendras compagnie... C'est trop dangereux de marcher seul dans les chemins, quand on porte sa fortune.

— Tu es exigeant, avoue-le.

— Que t'importe, si je te loge dans mon moulin !... Tu ne sais pas que chaque jour, à ton réveil, tu n'auras qu'à te mettre à la croisée pour voir ta rivière ?

— Hé bé, il faudrait essayer.

— Oui, ce soir, je me sens en veine...
Seulement, motus !

— Motus !...

Jérôme, en riant, touchait dans sa poche le sac de ses louis d'or si bien enveloppé qu'aucun bruit ne pouvait les trahir. Patalocco ne riait pas trop. Toutes ces combinaisons le gênaient, lui faisaient des ténèbres dans les yeux. Est-ce que Jérôme ne le compromettrait pas dans quelque débauche ? Enfin, on essayerait de vivre en commun. En attendant, Patalocco était bien résolu à ne jamais arracher son trésor de la planche du barcot, où il le serrait à mesure depuis ses débuts.

Ils arrivaient au gué d'un large ruisseau, lorsque, de l'autre côté, un homme méconnaissable dans le lointain bleu, sur une petite route, les appela :

— Ouais ! ouais !... Dépêchez-vous !...

L'homme apparut plus proche, levant les bras, à califourchon sur un âne.

— Oh ! Jacquounel !... Mon Jacquounel tout de même !...

Jérôme, ainsi que Patalocco, parcourut le cordon de pierres qui franchit l'eau marécageuse. Jacquounel, à l'odeur de son maître, s'avança, et l'homme sur son échine tressautait, riait gaillardement :

— Té !... Baquenoi !...

— Oui, Baquenoi !... Ah ! vous comprenez ! Je ne me tourmente plus, je m'amuse comme les autres gardes... Té ! je viens de trouver Jacquounel au bord du ruisseau où quelque mauvais plaisant l'avait égaré sans doute... Maintenant, nous descendions ensemble au moulin... Seulement, Jérôme, puisque te voilà, je te rends ton bien.

Baquenoi s'apprêtait à descendre, lorsque le meunier aussitôt l'interrompit :

— Non, reste là-dessus... Moi, je vais aider ce brave Patalocco, qui est fatigué... Après quoi, nous redescendrons dans la nuit à Roquemengarde... Même, tiens ! c'est la Providence qui t'a engagé sur ma route ! Voici : toi, si tu veux me plaire, ramène notre Jacquounel à son domestique, tu tranquilliseras mes enfants sur mon compte, et ils t'inviteront à souper.

— Ce n'est pas de refus... Alors, adieu !...

Le garde tourna bride.

Les deux camarades, d'un pas ardent, suivirent le sentier qui longe le ruisseau.

L'horizon brillait encore, comme un champ de blé roux. Sur la terre, la chaleur de fournaise s'était dissipée ; l'ombre des peupliers s'allongeait jusqu'au cœur des vignes.

XXII

UNE EXPLICATION

De toute la semaine et les deux semaines suivantes, les Guittou n'eurent point de nouvelles de Roquemengarde. Le dimanche matin, ils ne virent encore personne de leur famille, ni même Santou. Des événements extraordinaires devaient se produire là-bas, d'autant plus que Patalocco, en venant chaque jour porter sa pêche à sa marchande de la Poissonnerie, évitait la rue Saint-Jean. Guittou s'inquiéta sérieusement, cette fois : furieux, il résolut d'aller, l'après-midi, accompagné de Luc, s'enquérir des méfaits de son frère.

Le dimanche, il ne circule point de monde dans le chemin creux, sauf, de loin en loin, des paysans en retard qui montent à la ville pour leurs emplettes. Un grand soleil régnait, lourd et dévorant. Des lézards se chauffaient sur des tapis d'herbe ; des rainettes dormaient au bord des fossés, d'un si profond sommeil qu'elles ne se dérangeaient pas au bruit des passants. On n'entendait que les cigales qui frissonnent du plaisir de la lumière sur l'écorce des arbres, et çà et là quelques grillons dans les luzernes. Les blés fauchés montraient des terres laides ; les vignes, en la splendeur de leur maturité, miroitaient par toute la plaine, comme les vagues de la mer.

Les deux hommes marchaient tristement. Pauvre Guittou ! Il aurait dû marcher plus vite. Les pensées de malheur battaient de nouveau dans son front, pareilles au glas dans la nuit.

Le moulin, aujourd'hui, prenait du loisir, parmi la paix adorable des champs. Les écluses étant fermées, la digue seule ruisselait, en un murmure de cascade. Les canards nageaient dans le chenal calme. Au milieu de la cour, les pigeons et les poules, en bande fraternelle, cherchaient des grains de blés et de maïs dans la paille. Toutes les portes de la maison étaient closes, même celle de la cuisine, dont la fenêtre seule, son volet battu contre le mur, regardait le jour ombragé des verdures.

Santou, assis dans un coin, près de l'auge, traçait des ronds sur le sol avec la canne de Jérôme. Songeait-il ? En tout cas, il languissait, lui aussi, s'ennuyait dans le silence. Son Jacquounel, là, tout près, tondait l'herbe du talus ; parfois il le contemplait de ses yeux de bonne bête avec une sorte de pitié et d'envie.

Toute la nature se reposait. C'est que pendant la semaine Roquemengarde avait été vraiment bouleversé. Que de carrioles sous le hangar ! Que de bêtes à l'écurie ! On avait même attaché des mules aux arbres. Quelle peine Santou avait prise à surveiller le domaine, la maison, la cour et le jardin ! Aussi, pécaïré ! il avait bien le droit de se reposer. Mais on eût dit que, pour se reposer, il n'y pensait guère, et qu'il songeait plutôt à la mort d'un camarade, lui qui n'en avait point. Ses maîtres avaient trimé autant que lui, tous ses maîtres, Jérôme le premier. Et pourquoi Jérôme, aux heures de labeur, s'acharnait-il ainsi qu'un tâcheron ? Parce qu'il voulait vite gagner beaucoup d'argent, afin de s'en aller le jouer aux villages. L'autre nuit, à Castelnau, n'avait-il pas perdu toute sa fortune, même emprunté à Patalocco ? Les deux compères étaient rentrés à l'aube, meurtris de fatigue, et les poches vides.

Ce matin-là, Peyrine et Claude voulurent doucement interroger leur père. Il les repoussa aussitôt, avec un dédain de maître glorieux, invitant son matelot à s'asseoir vis-à-vis de lui, à table, il réclama du fricot tout de suite. Claude, alors, désobéit, alléguant qu'il refusait de travailler pour le plaisir d'un joueur. Ah ! Jérôme, sur ces mots, assomma la table à coups de poing, se dressa comme un ogre : peut-être il aurait frappé son gendre, si, pour éviter un malheur, par dignité, par bonté d'âme, celui-ci n'eût préféré sortir et se laisser traiter de lâche. Le maître, bourru, annonça d'une volée que Patalocco, lui ayant prêté de l'argent cette nuit, aurait désormais le droit d'habiter au moulin et seul, à l'exclusion de tous les pêcheurs du pays, de pêcher dans la région de Roquemengarde. Peyrine, alors, toute pâle, le regarda fixement, avec horreur, avec de la haine. Qu'aurait-elle pu répliquer à cet homme qui parlait avec menace, en brandissant son couteau, indigné vraiment comme si le monde eût été la cause de son infortune au jeu ?

On travailla dans la tristesse. Ce jour-là et les jours suivants, Claude n'adressa pas une fois la parole au maître. Les jeunes époux comprirent que leur père était voué au mal, et qu'ils seraient obligés de se séparer de lui. Mais ils avaient peur, ignorant où se réfugier pour que ce démon ne pût venir les prendre.

En attendant, c'est lui seul qui serrait dans l'armoire les ressources que procurait chaque jour la clientèle nombreuse. Il toisait Claude d'un front hautain, bousculait Santou par malice, pour déplaire à ses enfants et les impressionner d'avantage...

Ce dimanche, donc, Peyrine et Claude n'avaient pas osé de nouveau quitter Roquemengarde. Les gens de la ville n'auraient-ils pas deviné la misère de leur vie ? Ainsi que des bêtes malades, ils redoutaient le jour de la plaine, la clarté souriante de la nature. Dès le matin, Jérôme était parti, les poches bourrées de pièces et de billets de banque.

Devant la cheminée vide, ils demeuraient immobiles, pensifs, à écouter peut-être l'âme étrangère de cette maison où ils n'avaient pas encore mis beaucoup de leur âme, lorsque soudain on frappa à la porte. Ils se regardèrent, dans une épouvante. Mais on frappait doucement ; Peyrine reconnut la voix paternelle de Guittou.

Elle courut ouvrir, tandis que Claude se levait, tout frémissant de la joie qu'une bonne créature vînt enfin les sauver.

Les Guittou entrèrent, hésitans un peu, émus jusqu'à l'angoisse.

— Hé bé ! que faites-vous donc ici ?

Peyrine se mit à sangloter. Puis, honteuse, elle se jeta entre les bras de son oncle, qui déjà se lamentait :

— Oh ! ma fille, ma fille !... Allons, té, viens t'asseoir, ne nous désolons pas.

Il la pressait contre son cœur, avec amour.

Seulement, Peyrine se délivrant de l'étreinte, allait refermer le logis, de crainte que son père ne rentrât à l'improviste. La porte résista. Ce fut Santou, qui s'insinuait humblement dans la maison, auprès de ses jeunes maîtres, pour les assister de sa présence.

— Laissons ouvert ! déclara Guittou. Nous ne craignons personne, nous autres !

Claude s'approcha de son oncle, et avant même de l'avoir embrassé, il pleura d'un coup, lui aussi. Ensuite il donna la main à Lüc, dont le cœur tremblait comme un brin d'herbe dans l'eau. Cependant, les Guittou s'assirent sur des chaises, Peyrine sur un banc, tandis que son mari restait de-

répugnant à se servir de la chaise que Jérome prenait d'habitude. Santou, sans bruit, se reposait sur la dalle de l'âtre, à l'écart.

— Hé bé, voyons !... interrogea le boutiquier. Qu'est-ce qui arrive ?

— Nous sommes des abandonnés. Nous n'avons pas le sou.

— Comment !... Vous n'avez pas le sou ! Et Guittoumet alors ?

— Quoi ! Guittounet ?

— Vous savez bien qu'il se marie. J'avais prévenu Jérôme que mon argent n'existe plus. Alors, vous autres, celui que vous avez gagné ?...

— Il est joué, joué, perdu !... Celui de cette semaine, mon père l'a dérobé ce matin encore. S'il n'en rapporte pas ce soir ou cette nuit, je ne sais pas ce que nous mangerons demain.

— Oh ! cette canaille !... Qu'il doit être malheureux tout de même !... s'indigna Guittou, qui, par orgueil devant Claude, n'aurait pas voulu montrer les plaies de sa famille.

— Oh ! dit celui-ci. Vous n'avez pas à plaindre Jérôme. Il n'a pas tant d'amitié pour vous ! Il se moque de vous autant que des autres !

— Jérôme se moque de moi !... Hé bé, par exemple, je voudrais bien voir ça !... Voyons, rentrera-t-il ce soir ?

— Nous ne savons pas, répondit Peyrine. Nous ne savons jamais rien ; il nous prend pour des valets. Il ne se confie qu'à ce fainéant de Patalocco qu'il a installé ici, dans une chambre voisine de la nôtre.

— Pas possible !... Oh ! pourtant, on m'avait renseigné. Seulement, je ne pouvais pas, je ne voulais pas le croire... Où est-il, celui-là ?

— Il doit pêcher dans sa rivière.

— Ah ! mon Dieu !... Jérôme ne se soucie de rien, ni du bien ni du mal. Vous lui direz que je suis venu.

— Hé quoi ! Vous nous quittez ?.. Ne partez pas, mon oncle, au moins... Ne nous abandonnez pas.

— Si, si, tu comprends ; s'il entrait, là, par hasard, je serais capable de lui couper la figure.

Guittou, malgré les supplications de sa nièce, voulait partir. La peur de Jérôme le prenait, lui aussi. Jérôme, quand il avait bu, ne respectait ni père ni mère. Quelle sarabande dans la maison, s'il arrivait brusquement, les poches vides !

— Alors, dit Peyrine, vous voulez nous abandonner, mon oncle ?... Que nous conseillez-vous, au moins ?

Guittou frappa le carreau de son bâton. Tout en surveillant la porte avec anxiété, il déblatéra :

— Oh ! évidemment, ça ne peut pas durer. Vous trimez comme des galériens ; les gens vous croient riches, et vous n'avez pas le sou. D'autre part, si nous laissons Jérôme seul ici, il mangera le moulin un de ces jours, à moins que dans la colère il n'y mette le feu. Mon argent sera flambé, et moi, je resterai responsable vis-à-vis de M. Gourdon... Ainsi, ainsi, il faut que vous restiez.

Peyrine soupira de douleur, le front baissé. Mais Claude répondit d'une voix ferme :

— Non !... Moi, je ne reste plus...

Étonné de la rudesse du jeune homme, si patient d'ordinaire, Guittou se dressa, d'un haut-le-corps :

— Hé !... Où iras-tu ?

— Je n'en sais rien... Si ce soir Jérôme ne rapporte pas notre argent, je me sauve tout de suite.

Peyrine, en sanglotant, ajouta :

— Claude a raison. Nous ne pouvons plus rester ici, nous avons peur.

Guittou s'agitait, éperdu, faisant des gestes d'avocat au tribunal de commerce. Pourtant, il s'avança vers Claude avec tendresse, avec calme. Il souffla tout bas, en prière :

— Claude, Claudou, toi qui es si raisonnable, tu ne te dévouerais pas encore un peu, voyons ?... Toi, Claudou, on te respecte, car on sait bien que tes parents t'accueilleront toujours dans leur hôtel. Voyons, ce Roquemengarde, peut-on le laisser dépérir ? Jérôme me doit de l'argent, à moi.

— Moi, je ne dois rien. D'abord, ce n'est pas Jérôme qui remboursera jamais.

— Pardi ! je le vois trop bien maintenant. Alors, Claudou, tu retournerais à Clermont ?

— J'ai promis en me mariant, de gagner ma vie, je veux la gagner. N'est-ce pas, Peyrine ?

— Oui, mon Claude.

Heureuse du bon courage de son époux, Peyrine s'appuya sur son épaule, en un frisson d'amour et de fierté. Guittou, ému au fond du cœur, n'osait plus faire un pas vers la porte : le beau courage de ces enfants lui était comme du soleil qui réconforte.

— Allons, dit-il, je n'ai pas d'argent, c'est vrai. Hé bé, j'en trouverai. Je ne suis pas Jérôme, moi. N'importe qui prêtera à Guittou.

— Certes !

— Oh ! ne nous flattons pas. Seulement, vous autres, on ne peut pas vous laisser seuls. Vous n'avez qu'à frapper chez votre oncle, quand vous ne pourrez plus tenir ici. Vous ne coucherez jamais dans la rue.

— Ce serait bien triste pour notre nom, soupira Luc, surtout à la veille de mon mariage. Agnès aussi est bonne.

— Allons, adieu ! Dites à Jérôme que votre oncle est venu.

— Oui, je m'en charge, repartit Claude dont la bravoure s'affermissait.

— Oh ! Claude, supplia Peyrine, ne cherche pas des disputes. Mon père est mauvais, sais-tu, quand on le provoque.

Guittou, troublé comme par du vertige à la cime d'un clocher, mit ses mains sur les yeux et gagna la porte.

— Mon Dieu ! mon Dieu !... gémissait-il.

Tandis que, sur le seuil, ils se sentaient unis, tous, d'une même âme, hésitant au dernier moment à se séparer, Santou, qu'on avait oublié dans la pénombre, bourdonna, le menton entre les poings :

— Et moi, qu'est-ce que je deviendrai ?

La mélancolie du pauvre Santou attrista davantage. Les deux Guittou de la rue Saint-Jean s'éloignèrent sans mot dire, le front bas.

XXIII

LA DÉFAITE DE L'OGRE

Peyrine de nouveau ferma la porte.

Quand vint le soir, l'ombre précoce dans ces épaisses murailles, Santou sortit silencieusement pour aller remiser les bêtes.

A son retour, il se reposa sur le même coin de dalle.

Les jeunes maîtres n'avaient pas bougé, inertes sur leurs chaises, l'un près de l'autre, la main dans la main. Santou les voyait à peine, aussi confus que les meubles dans l'obscurité croissante, où la fenêtre seule formait une petite baie de lueur grise.

— Il fait trop sombre, dit Claude.

— Oui, attends...

Peyrine alluma la lampe. Et la fleur de lu-

mière mit aussitôt de la gaieté. Peyrine dressa le couvert d'un pas furtif, avec des précautions de silence, tandis que Santou courait chercher l'eau et le vin. Ensuite, chacun prit sa place à table, presque avec joie, avec l'amusement de manger pour la dernière fois dans cette maison maudite.

Ils achevaient leur morceau de fromage, lorsqu'on frappa contre la porte à coups précipités.

— C'est lui !...

— Hé bé, qu'il entre ! répondit Claude. Santou, docilement, alla ouvrir.

Le maître entra d'une poussée, en soufflant, en rejetant sur le bout de la table son chapeau trempé de sueur.

— Quoi !... s'écria-t-il. Vous vous moquez de moi ?... On ne m'attend plus à table maintenant !

— Non.

— Non ? tu es malade, Claude ?... Hé, qu'avez-vous donc tous les deux ?... Qui donc est venu vous donner tant d'audace, ouais ?...

— Personne.

Claude, craignant encore un peu à cause de Peyrine qui, toute pâle, le regardait, se leva brusquement, se mit à marcher de long en large, les mains derrière le dos. Jérôme, devant cette insolence, haussa les épaules ; il s'assit à table et commanda :

— Allons, ma fille, donne-moi le manger !

Tout de même Jérôme paraissait content. Il observait Santou du coin de l'œil, avec des airs de se divertir, troublé de petites joies bourdonnantes qu'il exhalait d'une voix pâteuse :

— Oui, oui, voilà la chance qui vient... Je n'ai pas gagné, c'est vrai. Mais enfin, je n'ai pas perdu. Il faut bien un commencement à tout.

Et claquant de la langue, il avisa, sans remarquer qu'elle avait servi, l'assiette de son gendre, puis trompetta des lèvres, tambourina des doigts. Seulement, Peyrine n'avait pas quitté sa place ; Claude marchait de son pas lourd et sombre, d'une extrémité à l'autre de la cuisine. Bientôt, dans l'atmosphère de douleur qui régnait, le meunier sentit la rancune mauvaise, l'hostilité de ses enfants.

— Hé bé ! s'écria-t-il.

Peyrine lui répondit :

— L'heure du souper est passée. Si tu veux manger, sers-toi.

Jérôme fut si stupéfait qu'il demeura penaud, suspendu aux paroles de sa fille, ainsi que la cime d'un chêne entre deux souffles d'orage s'immobilise soudain.

Claude aussi, brutal, s'arrêtait :

— Savez-vous, je vous ai déjà dit que nous ne sommes pas à votre service.

Jérôme s'esclaffa, le nez sur l'assiette :

— Par exemple !... Ah ! ce n'est pas mal !... Ah çà, freluquet de Clermont, qui est le maître ici ?

— Malheureusement, c'est vous.

— Qui a le droit ici, par conséquent, de se conduire à sa guise ?

— Est-ce que, nous aussi, nous n'avons pas des droits ?... Autant vaudrait alors nous enfermer dans l'écurie avec Jacquounel ?

— An çà, mais !... ah çà, mais !...

Jérôme sortait de son banc par coups brusques. Peyrine, finaude, s'élança en même temps, afin de parer à une agression entre les deux hommes. Car, les bras ballants, allumé de colère, dans l'ivresse du vin et du jeu, Jérôme marchait vers son gendre.

— J'en ai assez, dit celui-ci. Je veux partir.

— Partir ! partir ?... Ah çà ! C'est toi qui me poses des questions !... Ne sais-tu pas aussi que l'argent est à moi, que j'en fais ce que je veux ?... Vous n'êtes que des imbéciles !... Je n'ai pas perdu aujourd'hui, nigaud ! Tu crois donc, comme tes parents, que l'argent est fait pour croupir dans une armoire ?

Claude secoua ses épaules, en pitié :

— Pécaïré !... Vous, Jérôme, vous ne valez pas le petit doigt de mon père !

— Tu m'insultes à présent ?... Hé ! qui diable est venu vous empoisonner la cervelle ?...

— Personne, répondait Peyrine.

— Si ! repartit Claude. Peyrine a tort de vous redouter. Les Guittou sont venus, ils vous ont blâmé, tout le monde vous blâme... Ils nous ont dit, car je ne veux rien cacher, qu'on fera passer le moulin sur ma tête.

— Ça, jamais !... Je suis et je resterai le maître !...

— Tu le vois, Peyrine, nous n'avons qu'à partir...

Alors, Jérôme balaya la cuisine d'un grand geste irrité :

— Hé ! Fichez-moi la paix ! Partez !... Je serai plus tranquille !...

Il retourna prestement à table. Avec sa faim ardente de vagabond, il se mit à manger.

Claude, en sa nature généreuse et simple, eut une hésitation. Ému au moment de rompre avec le père de sa femme et de renoncer à la maison de ses premiers jours de mariage, il s'imagina que les prières, les paroles du cœur pourraient pénétrer la peau rugueuse du meunier comme la pluie traverse les feuillages.

— Si vous étiez raisonnable ! dit-il. Si vous pouviez ne plus croire au jeu !... Tenez, pourquoi n'auriez-vous pas confiance en Peyrine ?... Car ce n'est pas moi, c'est elle qui garderait l'argent.

— Ah ! ah !... Ah ! ce freluquet de Clermont, qu'il me fait rire, cet animal !... Mais qui donc a inventé ces histoires ? Votre oncle Guittou, je parie ?

Claude, sous l'outrage obstiné de cet homme, s'avança, les yeux fixes. Peyrine aussitôt voulut le contenir.

— Va, lui dit-elle. Allons-nous-en tout de suite. Ça vaudra mieux.

Jérôme, qui mangeait, tout à son ventre, n'entendait plus les choses d'alentour. Il se coupait du pain, se servait des rasades de vin avec largesse. Santou, immobile sur la dalle de l'âtre, contemplait ces gens qui étaient des maîtres et qui pourtant ne parvenaient pas à vivre d'accord en famille. Son cœur faible, tel qu'une paille auprès du feu, prenait un peu de lumière : il concevait la misère de ces trois créatures, avait une pitié des jeunes époux délaissés du monde.

Jérôme, en buvant, renversa la tête : ses yeux, alors, rencontrèrent les yeux tourmentés de Claude qui se penchait par-dessus la table et qui le menaçait. Vite il acheva de boire et posa son verre.

— Ah ! cria-t-il. Ça finit par m'agacer, espèce de fils d'aubergiste !... Ton père dépense son argent à son gré, et c'est parce qu'il en a beaucoup, que tu montres envers moi tant d'arrogance !...

— Je ne me tairai pas ! riposta Claude. Vous êtes le plus fort, ça ne prouve pas que vous ayez raison. Entendez-vous ? J'ai le droit de crier, moi aussi, que vous nous avez volé, et je souhaite qu'un jour vous soyez châtié pour tout le mal que vous faites !...

A ces mots, le sang de Jérôme s'alluma comme un buisson : rejetant sa fille sur le banc de la table, se hérissant avec une force orageuse, il aplatit ses mains de travailleur sur Claude qui chancela. Il allait frapper, lorsque Santou, qui s'était insinué vers les deux hommes sans qu'on y prît garde, saisit brusquement son maître emporté, lui lia les bras aussi solide qu'avec des chaînes, derrière le dos.

Claude aussitôt recula, délivré, heureux dans tout son corps.

— Allons-nous-en ! dit-il... Viens, Peyrine, viens !...

— Oui, répétait Santou, vous pouvez vous en aller, vous ne risquez rien... Je le tiens solidement, notre meunier.

Celui-ci rugissait, dans sa douleur sauvage, se débattait avec des coups de tête, des coups de pied. Santou résistait plus dur qu'un arbre ; dans ses poignes énormes, dont la vigueur s'augmentait de la volonté d'assouvir ses rancunes, il étreignait davantage ce brutal, lui serrait plus étroitement les bras qui craquaient ainsi que des cordes.

— As-tu fini, grande bête de Santou !... Ah ! je te ferai voir, à toi aussi !...

D'une ruade, Jérôme se délia. Tourné contre son valet, il allait du poing le heurter en plein visage, lorsque, s'arc-boutant sur ses pieds, Santou l'embrassa puissamment, et d'un effort le coucha sur le carreau, au milieu de la cuisine.

— Ah ! moi aussi, tu me tuerais !... Espère un peu, Jérôme.

Il pesa de ses genoux, de toute sa masse, sur l'homme étendu dont la tête en désordre retentissait contre le carreau. Jérôme ne bougea plus, ses yeux se fermèrent. Santou, pourtant, l'épiait avec méfiance.

— Dors, lui dit-il, ça vaudra mieux.

Claude et Peyrine, prenant à peine de quoi se vêtir, s'échappèrent, hagards, dans la nuit.

Santou haletait de lassitude. Il n'osait pas se lever encore ; il pesait toujours de toute sa masse sur l'homme.

— Ah ! mon Dieu ! Qu'est-ce que je vais faire maintenant ?

Il traîna Jérôme dans l'alcôve, le hissa tant bien que mal sur son lit. Ensuite, après avoir refermé la porte vitrée, il s'écarta discrètement, pour ne pas déranger le repos de son maître, et s'assit à table, devant le fricot. Seulement, il aperçut des taches de sang sur ses doigts, sur ses poignets calleux.

— Mon Dieu !... mon Dieu !... Je ne pourrai donc jamais être tranquille !

Il descendit dans la cour se laver à l'auge les mains et le visage. Puis, revenu à table, au milieu, à la place du maître, il avisa sans faire attention, parmi le pain et les bouteilles, assiette où Claude et Jérôme avaient mangé.

Mais il n'avait point d'appétit : ce dégoût l'étonna. Il but un verre de vin, souffla la lampe doucement et sortit, frissonnant au froid des ténèbres.

Dans l'écurie, auprès de Jacquounel, la couchette paisible et heureuse l'attendait. Il s'endormit d'un bon sommeil, son sommeil de chaque soir, sans songer au maître de Roquemengarde : sa pensée confuse regretta un moment les jeunes époux qu'on ne reverrait plus au moulin.

XXIV

UNE ALARME

Claude et Peyrine se hâtaient dans le chemin creux. La plaine, les collines, noyées d'ombre, paraissent infinies, d'une sonorité de caverne. La voix de la rivière roulant monotone entre ses épaisses bordures d'arbres s'élevait ainsi qu'une lamentation. Ils marchaient vite, de plus en plus, tels que des bêtes pourchassées.

Bientôt apparurent les jardins aux murs pâles, les enclos parfumés de vergers et de treilles. Plus loin, la grande route blanche se montra, le vaste faubourg déjà au repos. Les jeunes époux eurent l'émotion d'une humanité bonne qui leur accorderait secours.

— Tu n'as pas froid, Peyrine ?

— Non... Ne ralentissons pas. Mon oncle serait couché.

Les becs de gaz, de loin en loin, éclairaient les façades difformes aux innombrables fenêtres, aux petites portes barricadées. Sur le vaste Planol, rien que de l'ombre qui grouillait au milieu, en tas comme des meules de moissons, tandis qu'au long des cafés flambait d'or fauve des lustres. Tout en haut, resplendissait la nuit pleine d'étoiles. Le clocher obscur, pareil à un phare mort, érigeait du flot inégal des toitures son bloc de pierres carré.

Déjà, la rue Saint-Jean, étroite, profonde, dormait. Pécaïré, les braves camarades du moulin jouissaient dans leur lit d'une sécurité parfaite, sous le toit séculaire où règne un doux silence de tombeau. Pas un bruit, pas un frisson. C'était la solitude, de même que là-haut, dans l'espace.

Cependant, au bout de quelques minutes, Claude et Peyrine distinguèrent au bout de la rue, eu face de l'église, le cliquetis de la gâchette d'un portail, le pas sournois d'une ombre qui épiait de tous côtés, puis jetait une ordure dans le ruisseau ; de nouveau la disparition furtive de l'ombre, le cliquetis de la gâchette du portail.

A la maison des Guittou, ils s'approchèrent lentement, et toc! toc! ce fut Peyrine qui appela son oncle. Celui-ci sans doute la reconnaîtrait tout de suite, puisqu'il couchait sur la rue. Toc! toc!... Peyrine appela de plus en plus fort. Rien ne bougeait. La rue semblait sans écho. Alors, elle cria, et Claude lui-même, sans ménagement.

— Mon oncle! mon oncle!... C'est nous autres!...

Leurs voix s'élevaient ardentes et obstinées, dans la solitude. Rien ne bougeait. Ils frappèrent, alors, contre les volets de la boutique.

— Mon oncle!... mon oncle!..

Une fenêtre grinça, presque en face, chez Soulayrol. Soulayrol, le frileux, aventura sa tête à peine, en grommelant contre ces tapageurs qui l'empêchaient, au milieu de la nuit, d'écrire ses poèmes et ses chansons. D'autres fenêtres grincèrent : les voisins entr'ouvraient l'un après l'autre leurs volets avec la frénésie de voir sans être vu, et avec tant de précaution que nul ne savait au juste où retentissaient les cris d'appel, les coups de poing. Mon oncle!... Quel oncle?... C'était peut-être de la jeunesse qui s'amusait à réveiller le monde, et si le quartier se laissait prendre au jeu, elle reviendrait tous les soirs s'amuser.

Peu à peu les têtes s'enhardissaient : des bonnettes blanches à pompon, des coiffes à longues brides, des foulards roulés en turbans. Les curieux, émergeant davantage de leurs fenêtres, se recouvraient précipitamment des habits du dimanche empaquetés tout à l'heure sur des chaises.

Peyrine et Claude appelaient toujours, frappaient si fort qu'ils ne remarquaient point les rumeurs du voisinage. Campal fut le premier à reconnaître la voix claire de Peyrine, et grelottant de froid, bien qu'un tablier de Rosette abritât ses épaules, il donna l'alarme :

— Ouais!... C'est le moulin!...

La rue Saint-Jean, du coup, fut en émoi : les volets claquèrent, s'abattirent contre les murs. Tout le monde apparut aux balcons, aux croisées.

— C'est vous donc, Claude, Peyrine!... Parbleu, oui, c'est eux!... Qu'est-ce qui arrive? Le moulin brûle?...

Campal lâcha une plaisanterie :

— Est-ce que Santou est là aussi, avec son Jacquounel qui a avalé la lune?

Les jeunes époux, un moment déconcertés, se turent. Ils étaient le spectacle du quartier, demain ils seraient la fable de la ville entière.

— Hé bé! s'impatienta Soulayrol. Nous sommes tous debout, votre oncle seul n'a pas le courage de se lever!... Cognez donc, et dur!...

Peyrine et Claude frappèrent avec de gros cailloux, à tour de bras, furieusement. Ce fut un vacarme épouvantable, une telle rage de bruits et de supplications qu'on n'entendit pas sonner onze heures au clocher.

Le cordonnier, enfin, ouvrit sa fenêtre et apparut ; il se pencha, tout rechignant :

— Hé bé!... On ne peut donc pas vous laisser dormir dans cette rue!...

— C'est nous, mon oncle.

— Quoi!... Qui est là-bas, canaille?

La tête enveloppée d'un capuchon, il se penchait davantage.

— C'est nous, mon oncle.

— Ah! té!... D'où vous venez?... Jérôme aussi, il est là-bas?

Le pauvre Guittou bâillait, se frottait les yeux, n'ayant plus souvenance des misères du moulin, ni surtout des solennelles promesses qu'il avait faites aux enfants de Jérôme.

— Jérôme, lui dit Claude, est à Roquemengarde.

Claude aurait tout simplement raconté la querelle de famille, si Peyrine, plus prudente, ne l'eût contenu.

— Tais-toi!... Le quartier nous écoute.

— Quoi! quoi! bredouilla Guittou, qui serrait son capuchon sur les oreilles. Que dites-vous? Que voulez-vous?...

— Vous ne comprenez pas?... Hé bé, Jérôme nous a jetés dehors... Nous sommes venus ici.

— Hé bé! Je crois! je crois!... Ça n'a pas été long... Attendez-moi.

Guittou referma doucement ses volets, tandis qu'à leurs fenêtres les voisins observaient un tel recueillement qu'on entendit bientôt ses gros pas dans l'étroit escalier, au fond de la maison.

Campal ne pouvait demeurer si longtemps sans parler. Fabarote, la tête dans un cache-nez, le corps dans une sorte de manteau de chartreux, habituel aux hommes de son âge, se présenta sur son balcon ainsi qu'un prêtre en sa chaire, et Campal l'interpella :

— Hé! Fabarote, il s'agit de Jérôme, pardi!... Peut-être il vient taquiner son frère!... Si nous allions nous rendre compte?...

— Non pas, fichtre!... S'il y avait une bataille, nous serions mandés en témoignage à la justice, et j'en ai assez de comparaître devant M. Crax.

Leurs voix, dans la nuit légère, au gai murmure du ruisseau, sonnaient si clair qu'on les entendait jusque de l'église. Soulayrol leur cria :

— Ce n'est pas Jérôme! C'est sa fille! La pauvre, je le savais bien qu'on ne peut pas vivre dans la société de Jérôme... N'est-ce pas, Durante?

Soulayrol riait, et tous avec lui. Car Durante apparaissait à son balcon, énorme et blanche en jupon et en caraco, une bougie à la main. D'ailleurs, au lieu de se fâcher, elle se mit à rire à grands éclats, heureuse de se montrer devant Boipau en son déshabillé de riche demoiselle. Seulement, le boulanger pétrissait sa pâte dans le fournil, derrière les murailles du four, et certes il ne se doutait pas du fracas de son quartier.

Les Garrigues, à leur fenêtre, se poussaient l'un contre l'autre, afin d'assister au mouvement de la rue, aux commérages de tant de monde. Effarés, ils interrogèrent Durante, puis Campal et Fabarote.

— Est-ce qu'il y a des voleurs? C'est le moulin?... Ah!... Hé donc, qu'est-ce qui arrive?...

— Rien, répondit Campal. Claude et Peyrine qui vont faire divorce.

— Pas possible!...

La main de Durante trembla si fort d'émotion que la bougie faillit s'éteindre.

Là-bas, Guittou ouvrait sa boutique. Rouge de peur et de honte, il accueillait ses neveux en maugréant :

— Hé bé, ça y est?... Pour toujours?... Jérôme reste donc seul avec l'argent de tous ses amis?...

— Oui, pécaïré!...

— Luc, où est-il?

— Allons, entrez vite... Quant à mon fils, depuis qu'il est fiancé, il dort si bien qu'un boulet de canon ne le réveillerait pas.

Les jeunes époux entrèrent, et précipitamment Guittou barricada sa boutique.

Les voisins, désappointés, patientèrent un long moment, dans l'espoir que Jérôme surviendrait du moulin, ou encore Santou. Les hirondelles babillaient sous les larmiers, le ruisseau parlait seul dans l'ombre, sur les pavés. Tout de même, dans le silence on entendit la voix furieuse de Rosette qui de son lit injuriait ce drôle de Campal :

— Ouais, grand emplâtre!...M'empêcheras-tu de dormir jusqu'à demain matin!... Dis, tu vas laisser la fenêtre ouverte pour que je prenne mal!... Hé! va te promener sur le Planol, que je m'en moque!...

Campal fut tellement secoué qu'il se retira de sa croisée, disant aux camarades :

— Demain, nous apprendrons l'histoire... A présent, on ne peut rien savoir... Tout de même, comment coucheront-ils chez leur oncle, ces deux enfants?

— Sur des chaises, comme des poulettes.

Tous, l'un après l'autre, se renfermèrent. Les Garrigues grommelaient entre eux, prédisant de vrais malheurs aux Guittou.

XXV

LA SOCIÉTÉ N'EST PLUS COMPLÈTE

Durante, ayant pris froid cette nuit de dimanche, gardait le lit depuis une semaine. On désespérait de la sauver, d'après l'avis du médecin, et certes dans la rue Saint-Jean on se préoccupait beaucoup plus de Durante que de Jérôme. Tant de boutiquiers devaient de l'argent à la riche demoiselle! Tant d'autres comptaient sur sa bourse généreuse, en cas de débâcle dans leur commerce! Les débiteurs redoutaient surtout l'arrivée soudaine d'une cousine de Gabian, un village de la banlieue, vers les Cévennes. Cette cousine, une rude montagnarde, pourrait, en qualité d'unique héritière, mettre en ordre et en lieu sûr, même pendant l'agonie, tous les papiers de Durante. C'est pourquoi tous les camarades, grands et petits, tremblaient, jusqu'à Guittou le pacifique qui s'inquiétait pour le mariage de son fils. D'abord les misères du moulin aigrissaient ce vieux boutiquier. Il devenait d'une humeur acariâtre, ombrageuse ; il répétait du matin au soir :

— J'ai peur que Durante ne s'en tire pas.

— Hé bé, qu'importe! répondait Luc.

— Ah! tu es philosophe, toi!... Et la noce? Tu ne sais donc pas que les Guittou, lorsqu'ils se marient, invitent tout le quartier?

— Pourquoi prodiguerions-nous des dépenses? Agnès n'est pas fière... Peyrine et Claude sont plus à plaindre que nous.

— La question des dépenses n'est rien. Il y a la question d'honneur. Que dirait-on de nous dans Pézenas si nous lésinions pour célébrer ton mariage?

Guittou étendait les bras, pliait les épaules en maugréant de tristesse, et poursuivait :

— Quant à tes cousins, s'ils sont à plaindre, ils le veulent un peu. Pourquoi ne retournent-ils pas dans leur hôtel de Clermont? Tu me diras que Claude a promis de gagner sa vie à la sueur de son front; mais quand on ne peut pas tenir ses promesses?... A présent, il a trouvé du travail à la Grange-des-Prés pour le temps des vendanges, Peyrine également... Seulement, ça ne durera pas. Ils ne sont pas faits, vois-tu, pour travailler chez les autres.

— Et Jérôme, tu l'oublies?

— Non, je ne l'oublie pas. En voilà un qui fait le fort, qui se révolte contre les hommes et contre les choses... Ça ne durera pas non plus. Je suis sûr qu'il reviendra ici, chez nous, me pleurer et se repentir, quand la saison du moulin sera passée et qu'il n'aura plus le sou. Alors, nous le conduirons à notre gré. Ses enfants, à Clermont, le conduiraient plus facilement encore... Té! la preuve qu'on peut lui imposer, c'est qu'il a gardé Santou, tu vois... Il le garde, parce qu'il le craint, parce qu'il a peur d'aller en prison, s'il usait de représailles envers son domestique...

— Cependant, pourquoi n'irais-tu pas soumettre nos ennuis à un notaire?... Jérôme, déclaré incapable de gérer le domaine, transmettrait Roquemengarde à son gendre.

— Oui, de nouveaux frais, une procédure qui n'en finirait plus!... Non, bornons-nous à souhaiter que Jérôme, poussé malheureusement encore par cet ingrat de Patalocco, ne commette pas de sottises... Ah! vois-tu, je suis fatigué de toutes ces histoires!...

Guittou grimaçait de colère, se frottait les mains avec énergie, comme lorsque, le dimanche, il se lavait au savon, dans l'évier. Et Luc Guittounet, les larmes aux yeux, songeait à son mariage qu'on différait chaque semaine pour un motif d'orgueil.

Dans la rue, illuminée par le soleil, les oiseaux chantaient aux fenêtres, les chiens aboyaient ensemble devant les portes ou se cherchaient querelle.

Ce matin-là, une grande charrette, stationnant un peu plus haut que la maison de Boipau, dans la partie la plus étroite de la rue, à l'embouchure de la ruelle de la Poissonnerie, barrait entièrement le passage de sa charge de fagots secs. Le paysan, dans sa terre, avait accumulé bois et ramures sans prévoir qu'au milieu de la ville l'espace serait mesuré à son attelage. Aussi, la charge atteignait-elle le premier étage des maisons et s'appuyait si fort contre les murs qu'elle rayait d'égratignures les auvents et les glaces des boutiques. Les passants se fâchaient d'être obligés de ramper sous les fagots, contre les lourdes roues souillées de crotte. Les femmes surtout, à la descente du marché, refusaient, avec leurs paniers remplis de vivres, de se traîner sous des ramures qui accrochent toujours quelques cheveux, quelques rubans; et maudissant les chemins de la campagne et les fours de la ville, elles préféraient éviter la rue Saint-Jean par un grand détour sur la place des Trois-Six. D'autres charrettes qui se présentaient en brouhaha, sur la côte de Planol ou sur la place de l'Église, s'arrêtaient soudain, bientôt s'encombraient, et le monde confondu se plaignait en même temps. Le paysan, pourtant, ne se pressait guère de vider sa charge : d'une allure indifférente il énumérait ses fagots, à seule fin de prouver à sa clientèle que s'il en avait vendu un cent, il en offrait au moins deux ou trois de plus.

Aujourd'hui, c'est pour la pâtisserie qu'on déchargeait du bois. Naturellement, Boipau aidait Soulayol dans sa besogne, les deux fours se rendant de mutuels services. Mais les deux amis ne plaisantaient pas comme d'habitude, pendant qu'ils emportaient par la ruelle les fagots au hangar. Boipau, encore, le monde comprenait bien la raison de ses chagrins. Son mariage était compromis. Le Destin ne voulait pas qu'il fût riche.

Dans Pézenas, on croyait, au contraire, Soulayrol florissant et heureux. Soulayrol!... Ah! la maladie de Durante l'alarmait certes plus que Boipau. Celui-ci ne perdrait que des espérances. Celui-là, si Durante mourait, perdrait son métier, sa patrie, son honneur, tout. Car si la voisine n'avait pas besoin de l'argent qu'elle prêtait, son héritière, par exemple, réclamerait avidement ses créances à ce pâtissier poète qui avait vu trop grand, qui avait réparé sa maison et son magasin sur le modèle de Paris. Ah! le pauvre Soulayrol! une fois, le quartier Saint-Jean avait posé sa candidature au tribunal de commerce. Comment donc aurait-on pu deviner qu'aujourd'hui, dans son désespoir, l'idée de la mort le hantait à chaque minute, en transportant ses fagots?

Néanmoins, il était obligé de rire, lorsqu'une femme le plaisantait sur la vigueur de ses bras nus, aussi fluets que les baguettes du tambour de Pantouket. Il riait, plaisantait même, par habitude. Mais il marchait lentement, plus lentement que Boipau, de telle sorte que l'ouvrage, au grand dépit des voisins irrités, n'en finissait plus. Ceux-ci s'avançaient au seuil de leurs magasins, en grommelant des menaces, les poings aux poches. Sans oser protester franchement contre Soulayrol, ils vilipendaient l'un, après l'autre le paysan juché sur sa charrette, parmi son bois.

— Hé bé, quand tu voudras partir, fainéant!

— Oh! monsieur, voilà... Il faut bien que chacun gagne sa vie.

— La rue n'est pas pour toi! Tu bouches le jour de ma maison, tu empêches mes clients d'entrer, tu envoies de la poussière sur mes marchandises!...

Le paysan, ses mains ensanglantées par les ramures, ôtait sa casquette, s'essuyait le front mouillé d'une sueur terreuse. Puis, paisible, rassurant autour des reins sa ceinture écarlate, il répliquait :

— Hé!... Vous êtes trop bien partagés par le sort de ne pas bouger de vos magasins!... Si vous saviez quel jour terrible et quelle canicule nous subissons dans la campagne!...

— Dépêche-toi!... ou j'appelle un sergent de ville!...

— Voilà! voilà!...

Enfin, le paysan descendit, sans se hâter, fouetta ses bêtes, ramena sa charrette sur la place de l'Église, tandis que Boipau et Soulayrol remisaient au hangar les derniers fagots.

Tout de même, ce paysan, avec ses chevaux, sa charge énorme, avec ses cris, ses claquements de fouet, apportait de l'animation dans la rue Saint-Jean, un cri joyeux de soleil, de terre et de libre espace. Les oiseaux chantaient de plus belle dans leurs cages, aux fenêtres; le ciel semblait plus calme et plus resplendissant.

L'ouvrage terminé, Soulayrol vint avec son vieux balai nettoyer les pavés, rejeter les feuilles et les brindilles au ruisseau, dont les tourbillons s'en allèrent de proche en proche souiller le voisinage. Boipau, Valadier, vinrent nettoyer aussi, et puis sur la placette; Campal, Fabarote, Garrigues lui-même. Ils se fâchaient tous contre le paysan qui fait de l'ordure dans la ville comme sur sa terre, mais ils travaillaient de bon entrain. Et en avant!... les balais, pendant un quart d'heure, se transmirent de vague en vague les tas de branchettes et de feuillages, jusqu'à l'égout qui gronde tout noir là-bas, sous la porte Saint-Jean.

Ensuite, chacun secoua son balai et rentra chez soi.

La rue se recueillit de nouveau, émue simplement par le soleil qui joue sur les vitrines, par le vol capricieux des hirondelles qui vont dans les champs quérir pâture.

L'après-midi, les camarades se retrouvèrent à leur réunion quotidienne, dans l'encoignure des deux magasins des Garrigues.

Les hommes fumaient, en regardant couler le ruisseau. La Campal et Garriguette, qui n'avaient pas eu le courage de prendre un bas à tricoter, digéraient, les mains sur le ventre. On ne parlait pas, on languissait sous la menace d'une catastrophe. La société n'était plus complète, pécaïre! Durante, depuis plus de huit jours, n'avait pas revu le ruisseau.

L'odeur de la misère augmentait, en effet, chaque jour. Comment les Garrigues auraient-ils pu se prêter à des bavardages, pendant qu'ils imaginaient qu'un notaire brutal s'apprêtait à leur réclamer leur dette, comme à des voleurs? Heureusement, on avait le loisir de songer, d'endormir le cœur dans le doux silence du quartier.

C'était l'époque des vendanges. Tout Pézenas, du matin au soir, travaille alors dans les vignes. La ville, partout, offre l'aspect d'une immense grange, où circulent les charrettes chargées de comportes de raisins, les noirs pressoirs aux petites roues de fer. La chaleur pesait d'un gros ciel bleu d'orage. Aussi les volets des boutiques étaient clos à demi, d'énormes rideaux protégeaient les portes. Mais les mouches en nuées bourdonnantes s'insinuaient dans l'ombre fraîche des maisons, tournoyaient sous les tentes de toile qui sont tendues d'une muraille à l'autre, sur la placette. La rue sommeillait. Les chiens restaient couchés au bord du ruisseau.

Cette après-midi, on ne comptait plus sur Boipau, lorsqu'il se présenta de son pas nonchalant, bien vêtu de la veste et du chapeau des dimanches.

— Té! demanda Campal. Qu'est-ce qui t'arrive, Boipau?

— Un enterrement peut-être, fit Fabarote.

Boipau, les bras ballants, répondit :

— Il n'y a pas d'enterrement, pécaïré!... Dites-moi, Durante est toute seule?

— Oui, que veux-tu? Nous sommes bien obligés de la laisser seule, expliqua Garrigues. Si nous montions chez elle, nous autres, on nous accuserait tout de suite de vouloir lui dérober quelque chose.

— Oh! par exemple, c'est trop de scrupule... Té! je n'y tiens plus, il me faut aller la voir!

— Tout de même! s'alarma Garriguette. Toi un homme, chez une demoiselle, ce n'est pas convenable.

— Tant pis! il me faut faire mes affaires... Je me moque du monde. On ne peut pas laisser Durante périr seule comme un chien.

— Mais Agnès va venir.

— Mais elle ne reste pas assez longtemps là-haut !... Non, j'y vais... Oh! je redescendrai bientôt. Car je connais les convenances.

Tout rouge d'émotion, Boipau monta chez son amie.

Alors, ce fut pour les camarades une distraction d'épier la fenêtre de Durante, de prévoir les paroles qu'échangeaient les vieux farauds.

Boipau, au bout de quelques minutes, descendit précipitamment.

— Ah! mon Dieu! gémissait-il. J'ai eu peur... Durante m'a reconnu, elle ne m'a demandé qu'à boire, à boire, rien qu'à boire. Moi, je ne voulais pas. Puis, ses supplications me crevaient le cœur, je lui ai donné de l'eau.

— Monstre! Grand bêta! s'écria Garriguette en furie. Tu nous l'auras tuée!

— Ah! mon Dieu!... Je suis malheureux. Oh! un verre de plus ou de moins... C'est fini, je le comprends bien. Il faut que je me console.

Juste, on vit sortir Agnès de la ruelle de la Poissonnerie. Agnès maintenant s'habillait en demoiselle, avec un bonnet tuyauté, des rubans au corsage. Elle marchait sans hâte ni lenteur, les mains jointes sur la poitrine. Depuis qu'elle soignait Durante, les Garrigues lui montraient beaucoup de considération et d'estime. Tout de suite ils l'appelèrent d'un ton familier :

— Hé! viens donc, dépêche-toi !...

Agnès s'empressa. Les Garrigues se levèrent à sa rencontre.

— Ma brave amie, dépêche-toi... Va voir si Durante n'a pas besoin d'un médecin. Boipau descend de chez elle.

— Boipau, un homme!

— Bah! personne ne le saura.

Agnès, qui était naïve et qui dans sa gloriole nouvelle croyait bon de pérorer à tort et à travers, se mit à geindre :

— Pécaïré! quel malheur pour tous vous autres, si Durante mourait!... Quel malheur pour vous, monsieur Garrigues!

Celui-ci et son épouse, estomaqués soudain, se regardèrent en remuant le front. Rosette, qui souffrit de leur gêne, repoussa cette nigaude de domestique sans cervelle.

— Allons, monte! Durante était sans doute une amie. Mais c'est elle, va, qui regrettera notre rue Saint-Jean.

Agnès souleva sa jupe, et docile, le cœur tout de même serré d'angoisse, disparut dans le sombre escalier, chez Durante.

Au milieu du silence de la ville, là-haut, sur la place de l'Église, deux mendiants chantaient. D'ailleurs, chaque jour, une douzaine de trimardeurs explorent Pézenas en ses divers quartiers. Tous débitent des romances, quelques-uns s'accompagnent d'orgues de Barbarie, de clarinettes, d'accordéons. Ils répandent un moment de bruit et de gaieté : les boutiquiers, pour les entendre, se plantent sur leurs portes, des femmes se penchent aux fenêtres, et les trimardeurs s'en vont satisfaits lorsque dans une rue ils ont récolté quelques sous. Seulement, ces deux-ci, à cette heure de canicule, un jour de vendanges, passaient à peu près inaperçus partout.

— Ils ont une étrange idée de venir chez nous chercher du pain, ricana Campal.

— Chut! fit Rosette.

— Ils ne chantent pas mal.

— C'est leur métier, conclut mélancoliquement Boipau.

Les deux mendiants : un vieux, usé comme

une ornière de grande route, et qui fermait ses paupières ; un jeune, tout barbu, les lèvres sensuelles, les yeux de braise, allaient d'une lente allure, stationnaient avec patience devant chaque maison. Le jeune, portant besace, tirait le vieux par la manche, entr'ouvrait les rideaux opaques, frappait contre les portes du bout de son bâton. Tandis que le vieux chantait les gloires du printemps et de l'amour, le jeune bourdonnait ses prières d'aumône. Depuis un quart d'heure, les boutiquiers, dérangés dans leur sieste, les chassaient à grands cris furibonds, et les deux marcheurs se retiraient en grognant, vers les portes voisines où leurs voix redevenaient humbles et douces.

Sur la placette, ils se postèrent, le chapeau tendu, au bord du ruisseau : pour se faire valoir d'une compagnie si nombreuse, ils entonnèrent un duo. A peine avaient-ils ouvert la bouche que tous les camarades se levèrent indignés :

— Hé, donc ! que vous faites du vacarme ! Encourez-vous, qu'il y a une demoiselle qui va mourir !

Les mendiants, déconcertés, s'interrompirent. Puis, devant ces hommes cossus qui les rebutaient avec rudesse, ils se rebiffèrent :

— Ouais ! Mauvaise population de Pézenas qui n'aime pas les pauvres !

— Taisez-vous ! Cette demoiselle là-haut, qu'elle va mourir peut-être !

Pourtant, ils filèrent leur chemin, d'une allure maintenant sournoise, amusés de rencontrer du malheur dans une maison de la ville. Campal les vit à l'extrémité de la rue s'appuyer au mur de la Porte Saint-Jean et là, fraternellement, exhiber de la besace un litre de vin et de la viande froide.

Aussitôt, Campal reconnut, sous la voûte de la Porte, dans un trouble éblouissant d'ombre et de lumière, Patalocco le boiteux qui s'avançait en rasant les murailles.

Patalocco se cachait depuis tant de semaines qu'on eût été bien excusable de l'oublier, dans les mille soucis de la rue. Il arriva, la tête basse, les bras lourds : bien humblement, il salua la société.

— Bonjour, bonjour ! Hé bé, pécaïré !... J'ai appris la maladie de Durante.

Déguenillé, les espadrilles en lambeaux, les cheveux longs et enchevêtrés comme des joncs dans la rivière, il regardait béatement, avec une figure maigre et famélique.

— Tu nous arrives très tard, lui dit Garrigues, pour t'occuper de Durante.

— Ah ! quand je peux !

— Et toi, si tu nous racontais un peu tes misères ?

— Moi !

— Oui, crois-tu que Roquemengarde soit si éloigné qu'on n'en sache pas des nouvelles ?

— Hé bé, mon Dieu, puisque vous savez des nouvelles. Vous savez alors que, malgré ses promesses, Jérôme entrave toujours mes privilèges de pêche ?... Oui, il sort la nuit à toute heure, il me vole mon barquot, tellement que le matin j'ai toutes sortes de difficultés à le retrouver dans la rivière. Au moindre conseil que je lui donne, ce brigand s'emporte : s'il osait, il me battrait, ma foi. Oh ! je ne tiendrai pas longtemps à cette vie de Roquemengarde... J'allais chez Guittou.

— Maintenant, lui demanda le malicieux Campal, vous êtes brouillés, Jérôme et toi ?

— Non. Avant de rompre, je veux connaître la pensée de l'aîné.

— Bah ! tu n'as qu'à patienter. Jérôme ne gardera pas longtemps son moulin. Claude lui succédera.

Patalocco demeura debout un moment de silence, tel que Jacquounel dormant sur ses pattes.

On le négligeait déjà, lorsque la marchande d'oranges déboucha de la rue des Commandeurs. Sa corbeille d'osier sur la tête, elle clamait d'une bouche infatigable :

— A la belle maïorque !... La belle orange !... Qui veut des oranges de Maïorque ? Trois pour deux sous ! Il nous en reste encore !... Allons, monsieur Campal, vous en désirez ?

Elle déposa la corbeille profonde sur les pavés. Pendant que les camarades choisissaient les fruits les plus juteux, elle s'accroupit au ruisseau et se rafraîchit les mains. Ensuite, elle repartit en répétant son cri de vente, s'arrêta à chaque porte. On voyait s'avancer, hors des rideaux de chaque maison, des bras nus, des mains lasses qui fouillaient parmi la corbeille.

Patalocco avait profité du mouvement de la marchande pour se diriger, rasant toujours les murailles, à la boutique de Guittou. Il n'y était pas parvenu qu'Agnès descendait de chez Durante.

— Hé bé ! hé bé ! lui demandèrent les camarades. Comment va-t-elle, notre brave amie ?

— Oh ! beaucoup mieux. Boipau s'alarme trop vite... Maintenant elle dort. Je reviendrai ce soir.

Leste, elle décampa sur les traces de Patalocco, tandis que ses maîtres et les voisins se regardaient en souriant. Durante était guérie peut-être : ils se regardaient étonnés et ravis, comme des enfants.

XXVI

LE MAITRE DU MOULIN ET LES AMIS
DE LA RUE SAINT-JEAN

Agnès, doucereuse et gentille, se présenta soudain à la boutique des cordonniers. Déjà on s'y querellait. Guittou battait ses genoux d'un soulier qu'il rapiéçait tout à l'heure, et d'une voix terrible, en agitant tout son corps, il accueillait Patalocco :

— Te voilà, Jean Bart !... Je parie que tu viens solliciter un service !... Où est Jérôme ? Où est-il, ce monstre de frère, ton ami ?... Parle, parle !...

Patalocco se pelotonna dans un coin, derrière Luc, qui s'attendrissait, ayant, à la vue d'Agnès, du printemps au cœur. Agnès, depuis quelques jours, visitait son faraud chez lui : le monde les excusait d'être impatients de leur mariage.

— Bonjour, ma fille ! dit Guittou. Espère-moi une minute, nous causerons.

Et se tournant de nouveau vers Patalocco, qui s'humiliait, le pauvre, comme le bedeau devant M. le doyen de la paroisse, Guittou poursuivit :

— Je ne veux plus rendre service à qui que ce soit, Patalocco !... D'abord je n'ai pas le sou !... Ah ! pardi, tu es étonné !... Mais oui, c'est toi qui m'as ruiné, toi qui as soutenu Jérôme !...

— Tu t'emportes bien à tort, Guittou ! insinua le matelot.

— Ça te fera mal, mon père.

— Oui, té ! ça me fera mal de m'inquiéter pour des canailles !... Jean Bart peut s'en aller, je ne lui répondrais plus...

Guittou déblatérait avec une arrogance si contraire à sa nature, que Patalocco avait perdu la tête. Cependant, il reprit son sang-froid et dit :

— Par exemple, moi qui venais ici plutôt

pour me débarrasser de Jérôme et vous proposer, à l'occasion, un sacrifice d'argent !

— Ta ! ta ! ta !... fit Guittou, moins bourru.

D'ailleurs, les farauds, qui n'en pouvaient plus de s'examiner avec avidité, lui donnèrent du plaisir et du courage, en se caressant. Alors, au milieu de ses coups de marteau, il ajouta :

— De l'argent !... De l'argent !... Tu en as encore ?

— Certes !... je peux te prêter le dernier que j'aie pu sauver.

— Bien ! bien !... Et à quelles conditions, Patalocco ?

— A la condition que tu me débarrasses de Jérôme. Du même coup tu te débarrasses aussi.

— Comment ça ?

— En l'obligeant à quitter le pays. Les gens croient, à tort ou à raison, que c'est toi le vrai responsable de Roquemengarde.

— Heu !... En un sens, ils n'ont pas tort.

— Ils ont confiance et ils apportent leur blé... Tandis que si tu proclames que tu ne connais plus Jérôme, celui-ci, livré à lui-même et dépourvu de ressources, se rendra à ta volonté.

— Oui, j'ai pensé à une combinaison ed ce genre. Elle est grave... Tout de même, je me résoudrai, pour pouvoir enfin, avec l'argent que tu nous prêteras, célébrer ce mariage qui traîne tant qu'on en plaisante par toute la ville.

— Alors, c'est dit ?

— C'est dit.

— Quelle canaille !... C'est qu'il m'empêche de travailler dans la rivière !

— Oh ! toi...

Guittou et ses enfants riaient des plaintes de Patalocco. Le matelot riait aussi. Pourtant, dès qu'il eut reçu la promesse que le lendemain Guittou irait châtier son frère, il s'éloigna.

Le lendemain, Guittou ne manqua point de se rendre à Roquemengarde. Partout, dans les chemins et les vignes, sous le dur soleil, les charrettes balourdes, les colles de vendangeurs faisaient du bruit et de la vie depuis l'aurore. Il rencontra, après le faubourg, Claude et Peyrine qui vendangeaient dans un jardin. Il leur serra la main par-dessus le mur de clôture :

— Hé bé, comment vous allez ?

— Bien.

Êtes-vous heureux ?

— Libres comme des cigales, cossus comme des boutiquiers.

— Heu!... Croyez-vous que cela durera?

— Nous le croyons, dit Claude d'un air un peu las.

— Quant à moi, je vais châtier Jérôme... Il faut qu'il m'entende.

— Oh! nous ne voulons plus connaître ce moulin.

— Pardi!... Puisque vous avez l'hôtel de Clermont qui vous espère!... Vous ne le dites pas, mais je le sens, moi qui suis un vieux d'expérience.

— C'est peut-être vrai.

Et Claude, en souriant, reconduisit au travail sa jolie Peyrine, dont les bras nus et le visage se bronzaient au soleil de la plaine.

Guittou décampa le long du fossé, tout droit, bien convaincu qu'il dompterait Jérôme sans peine. Roquemengarde bruissait de monde encore plus que les vignes. Le hangar était bondé de charrettes, l'écurie de mulets et d'ânes. Des farauds s'embrassaient ingénument sous des ombrages; des domestiques, au repos dans le pré, mangeaient leur pain frotté d'ail. Santou, vêtu seulement d'une culotte, déchargeait un chariot au milieu de la cour.

— Ouais, Santou! commanda le boutiquier. Va me chercher ton maître.

Santou, après un mouvement de surprise, interrompit son ouvrage, posa placidement sa veste sur les épaules, à cause de la fraîcheur de la rivière, et descendit aux meules.

Jérôme remonta sans différer, d'une humeur maussade, en toussotant. Il se planta devant Guittou, brusquement, les dents serrées.

— Que veux-tu, frère? demanda-t-il.

— Puisqu'on ne te voit plus et qu'il semble que jamais tu n'aies entendu parler de Pézenas, je viens à toi, moi... Je te réclame mon argent, il le faut. Voilà.

— Oh! oh!... tu me débites ça devant la clientèle!... Tu vas ébranler mon crédit, sais-tu!

— Ne me conte plus de sornettes.

— Alors, tu veux m'embrouiller dans mon commerce?

— Je veux te l'interdire.

— Voyons, tu ne comprends pas que si je te remboursais, je n'aurais plus le sou.

— Ah! comment? Et l'argent qu'on t'a prêté? Et celui que tu as gagné?

Seulement, le monde, au milieu de la cour, les enveloppait déjà, des farauds narquois, des paysans qui, pour être servis les premiers, tiraient Jérôme par la manche. Alors, Jérôme, sous le prétexte de dissiper un peu tous ces curieux, bafouilla des choses fort raisonnables sur l'ordre d'un moulin, le bonheur de faire sa fortune dans sa maison. Tout d'un coup, comme si l'ivresse du travail l'eût emporté, il déguerpit vers la rivière, laissant au milieu du monde qui ricanait son aîné confondu.

— Ah! s'écria Guittou. C'est maintenant contre moi qu'il commet ses injures!... Contre moi! contre moi!

Il distribuait à droite et à gauche des coups de canne, si violemment que les poules effarées rentrèrent au poulailler.

— C'est honteux!... Jérôme abusera donc de moi jusqu'à la fin des siècles! Espère-t-il que je vais le surveiller comme lorsque nous allions à l'école?

— Allons! lui disaient les paysans pour le consoler. Les hommes de bon sens sont rares. Il faut avoir de la raison pour les autres.

— Que feriez-vous donc à ma place? Empêcheriez-vous votre enfant de se marier?

— Oh! ça, non.

— Hé bé, alors!... Ah! quand je me rappelle le lundi de Pentecôte, les magnifiques serments de Jérôme! C'était trop beau!

Il frappait de la canne, gesticulait au hasard, dans une rage de pauvre. Il se précipitait au parapet pour aller trouver là-bas, au moulin, son frère abominable, lorsque celui-ci accourût.

— Ah çà! Guittou!... Quoi! tu me reproches mon inconduite! Toi qui te conduis si mal aujourd'hui! Tu troubles mon domaine, sais-tu?

— Ton domaine! Le mien, tu veux dire?

— Le tien et celui de Patalocco. Patalocco est venu te supplier hier, on me l'a appris. Cependant, il ne cesse de me caresser, il me flatte de toutes les manières... Ah! le traître!...

— C'est qu'il a peur de toi, nigaud! En attendant, il est avec moi, nous défendons notre argent. Si, dimanche, tu ne me rembourses pas, nous t'envoyons l'huissier.

— Hé bé, va-t'en au diable! Je ne crains pas les juges!

Jérôme, une seconde fois, déguerpit vers la rivière. Le monde riait, en poussant des injures, en imitant des cris d'animaux. Guittou, dans ce tumulte, sentit que son honneur serait compromis, son vieux renom de probité et de courage. Alors, tandis que Santou, assis dans un coin, regardait tristement le sol, il partit pour la ville en maugréant contre ses misères.

Ce n'est pas le quartier qui aurait pu aujourd'hui redonner à Guittou sa force et sa joie d'habitude. On parlait bas chez les Garrigues, au bord du ruisseau, sur la placette. Mlle Durante était si mal qu'elle ne reconnaissait plus ses visiteurs; car le voisinage peu à peu s'aventurait dans sa chambre. On attendait sa mort pour le soir.

Boipau, depuis le matin, servait maladroitement la pratique, pleurait dans son fournil. L'héritière de Gabian se présenta à l'heure de midi, en robe de deuil déjà, cette avide. Peut-être, si les camarades avaient su la flatter, se fût-elle montrée aussi bonne que Durante; mais aucun n'osa s'avancer le premier, de crainte d'être blâmé par les autres. Ah! certes, on ne pensait plus à Roquemengarde ni aux Guittou, qui étaient bien assez roués pour démêler tout seuls leurs affaires.

Jérôme, en tout cas, espérait arranger les siennes cette nuit même. A table, il soigna Santou et Patalocco. Même il affecta de l'amitié, du rire; il se complut à bien manger et bien boire, à donner son meilleur vin. Le domestique et le matelot se couchèrent à l'heure d'habitude, le cœur content.

Une fois seul dans sa paisible demeure, Jérôme ramassa l'argent accumulé depuis trois jours dans l'armoire et s'esquiva. Il atteignit, avec le barquot, l'autre côté de la rivière, puis chemina vers le village de Castelnau, si loin, sur la colline où l'on jouait toutes les nuits. Pour la dernière fois il allait provoquer la fortune : si le bon Dieu lui permettait enfin de gagner, il aurait de quoi rembourser son frère et conquérir l'indépendance à Roquemengarde.

Pécaïre! Jérôme perdit. Il perdit, rentra, les poches vides, un peu avant l'aube. Tandis que Patalocco dormait parfaitement tranquille dans sa chambre, il transporta le barquot par-dessus la digue de ce moulin qu'il ne reverrait plus, et rama durant des heures, en amont. Dans l'ombre bourdonnante des feuillées et de l'eau, il sifflotait des chansons sous les arbres, aussi heureux peut-être que les merles des bosquets. Néanmoins, il était ému au fond du cœur, tendrement ému de revenir à sa pauvreté insouciante pendant laquelle il avait moins souffert que depuis le jour où son frère lui avait procuré de l'argent.

Arrivé au territoire de Clermont, il attacha le barquot à un chêne et sans autre scrupule marcha vers la ville. Ses enfants réintégreraient, après les vendanges, l'auberge opulente des parents de Claude. Ils n'accepteraient pas sans doute d'abandonner leur père dans les rues, errant parmi les chiens, parmi les paresseux de profession : les vieux lui accorderaient une place auprès de sa Peyrine. Il s'amuserait à conduire les chevaux à l'abreuvoir, à balayer les écuries, à descendre du grenier des balles de foin, à jouer des sous au palet sur la grande place du marché. Ainsi, d'un pas philosophe, les mains dans ses poches vides, Jérôme regardait avec plaisir luire l'aube grisonnante, sans plus se souvenir de son moulin : il ne songeait qu'à lui-même, il était plein du bonheur de vivre.

Là-bas, au moulin, Patalocco cherchait déjà le barquot. Il chercha toute la matinée, sous les fourrés, dans les recoins de la rivière : après chaque recherche infructueuse, il remontait à Roquemengarde, ce nigaud, avec l'espoir que Jérôme, poussé par la faim, serait rentré. Dans la cour, sous le mûrier et les platanes, les paysans négligeaient de moudre leurs récoltes pour bavarder, en des commérages interminables. Baquenoi, qui depuis le procès venait le matin casser la croûte chez le frère de Guittou, fut, dès son apparition, entouré de questionneurs et de curieux. Seulement, il les rejetait à tour de bras, disant qu'il ne voulait rien savoir des guerres civiles de son territoire.

Pourtant, Santou, acagnardé sur les marches de la cuisine, gardait la maison en chien fidèle. Baquenoi s'approcha pour l'interroger :

— Hé bé, ton maître, tu n'en sais pas des nouvelles ?

— Oh! pas du tout... Quand même; je m'en doutais. Ça devait finir comme ça... Il ne reviendra plus.

— Et toi, où iras-tu ?

— Ici... Un autre maître prendra Roquemengarde, voilà tout. Bientôt, j'irai prévenir le propriétaire, M. Gourdon.

— Té! Justement Jacquounel doit comprendre que des vacances commencent pour vous deux... Il tond l'herbe du pré.

Les paysans s'esclaffèrent. Le garde partit pour la ferme voisine, de l'autre côté de l'Hérault.

L'après-midi, Baquenoi, s'étant hâté dans

ses pérégrinations, rentra à Pézenas plus tôt que de coutume. Il aurait aimé annoncer le premier à Guittou la fuite de Jérôme. Guittou la connaissait déjà : mais il l'oubliait un peu, Guittou, son âme étant avec le voisinage, dans l'angoisse du quartier.

Sur la placette, devant la porte des Guarrigues, tous les camarades étaient réunis. Comme la veille, ils attendaient la mort de Durante. Fatigués de s'occuper toujours de leur malheur, ils parlaient maintenant des Soulayrol. Ces innocents n'avaient-ils pas, de même que Jérôme, pris la fuite dans l'inconnu ? Leur boutique fermée, juste au milieu de la rue, faisait mal aux yeux.

— C'est terrible ! gémissait Fabarote. Notre quartier s'en va…

— Soulayrol a eu tort de désespérer, affirmait Boipau. Durante l'aurait sauvé… Car elle guérira, j'en suis sûr, le médecin me l'a dit ce matin.

Boipau n'avait pas achevé qu'Agnès, éperdue, appela tout le monde, du haut du balcon. Alors, d'une cohue, tous montèrent chez Durante, précédés par Garrigues, l'important chapelier. Durante venait d'expirer : Agnès lui voilait le visage pieusement.

Les camarades, penauds, malgré tout, consternés devant l'irréparable, se regardèrent. Fabarote vit, par les volets entr'ouverts, le jour bienheureux de la rue ; soudain, pris d'épouvante, il allait s'échapper, lorsqu'il aperçut auprès de lui le solennel Garrigues. Celui-ci articulait d'une voix profonde, avec une gravité que l'égoïsme éperdu rendait émouvante :

— Nous sommes seuls… Aujourd'hui, grâce à Dieu, l'héritière de Gabian n'est pas venue flairer son héritage. N'est-ce pas le moment de nous rendre compte des ressources de cette brave Durante et surtout de nos créances ?

A la pensée du sacrilège, les camarades baissèrent la tête, immobiles et muets. Au dehors, sous la chaude lumière du ciel, dans le silence, le ruisseau murmurait sa chanson, les oiseaux chantaient dans leurs cages. Boipau sanglotait, en un coin de la chambre. Brusque, furieux, tel qu'un blessé, il geignait et cria, disant que Dieu n'est pas juste et qu'on verrait bien si le monde à la fin ne se vengerait pas. Il sauta sur l'armoire poudreuse, retira à coups de ses mains folles les papiers de la morte et les remit à Garrigues, qui se sentait pleurer aussi.

Garrigues aussitôt parut consolé. Une grande rougeur, comme un nuage ardent sur le soleil de midi, couvrit sa face épaisse. D'une main lente, avec mille précautions, il dépouilla, sur la table encore chargée de remèdes, les papiers poisseux et mélangés, respecta les billets de banque, les valeurs, pour ne conserver que les créances et le testament.

Enfin, il lut tout bas, dans une anxiété que chacun partageait, les volontés suprêmes de la morte. Celle-ci léguait sa fortune entière à sa cousine du village, à l'étrangère qui sans doute exécrait la ville. Alors, ce fut une explosion d'outrages et de malédictions. Durante, cette fausse, trompait ses meilleurs amis.

— C'est écrit, disait Garrigues, Je n'invente rien.

— Durante voulait nous ruiner.

— Quoi ! ajouta Fabarote. Une étrangère viendrait faire la loi dans notre rue !… Et à qui appartiendrait cette maison ?…

— Elle ne donne rien au quartier ! s'indigna Boipau.

— Té ! vociféra Rosette. Durante ne mérite que ça !

Rosette alluma un feu de sarments dans la cheminée ; puis, de son poing de commère jalouse, elle y jeta les créances redoutables et le testament.

Au souffle du dehors, au vent joyeux du ciel et de la rue, les rideaux du lit frissonnaient quelquefois, la fenêtre s'ouvrait davantage. Là-bas, de la placette, les Guittou et Baquenoi, accourus à la rumeur de la mort, pouvaient entendre les plaintes des camarades. Ils n'osaient monter à leur tour, ne fût-ce que pour délivrer Agnès de cet air de misère.

Juste, M. Crax, qui descendait du Planol, vint à passer le long du ruisseau.

— Té ! Baquenoi !… s'écria-t-il. Est-ce que tu gardes la rue Saint-Jean ?

— Mais oui, monsieur le juge… Il fait plus d'ombre ici que dans nos vignes.

— Ma foi, tu n'as pas tort… Et toi, Guittou, tu ne travailles pas aujourd'hui ?

— Non, pécaïré !… Durante vient de mourir…

— Ah ! mon Dieu !… Nous mourons les uns après les autres. Il faut se résigner… Allons, adieu !…

M. Crax décampa, en agitant sa main avec grâce.

Presque à l'instant on vit arriver Santou juché sur son âne.

— Où tu vas ? lui demanda Guittou.

— Je cherche M. Gourdon... Vous ne l'avez pas vu ?... Vous savez bien la grande nouvelle du moulin ?

— Hé, oui !... Tu comprends, il se produit tant d'histoires à la fois qu'on ne peut pas tout d'un coup ne s'informer que de Jérôme. On le retrouvera bien toujours, va... Il ne s'est pas noyé, j'en suis sûr.

— Bon ! bon !... Moi, ça m'est égal... J'aurai toujours un maître, il faut un meunier au moulin... Ah ! vous savez, le matelot est derrière moi...

Santou s'éloignait, en se balançant sur le bât, au pas lourdaud du vieux Jacquounel. Mais Patalocco arrivait, se hâtait à grands efforts de ses jambes tordues.

— Où tu vas, matelot ?

— Je vais... Je vais... Ah ! j'en'en puis plus !...

Il haletait, tremblait de chagrin et de fatigue, son béret sur l'oreille, la figure trempée de sueur.

— Ah ! Guittou, ton frère est un voleur !... Je vais prier Pantouket de publier mon barquot.

— Nigaud ! Puisqu'il n'y a personne dans Pézenas et que tous les habitants sont aux vendanges ?...

— Il publiera ce soir, au retour des vignes.

— Ne te désole pas, emplâtre !... Mon frère ne t'a rien volé, il craint trop la prison.

— Ça ne fait rien, je vais voir Pantouket.

Patalocco, réconforté par les paroles de Guittou, courut de nouveau.

Justement, tous les camarades descendaient de la chambre de Durante. Ils ne parlaient point ; ils regardaient le pavé, le seuil des maisons, confusément, avec la honte d'avoir commis un crime peut-être. Campal, à la vue de Guittou dont chacun redoutait la conscience, essaya de plaisanter :

— Si nous faisions publier les Soulayrol dans tout l'arrondissement ?

Personne ne répondit. Boipau sanglotait encore, contre le mur de Durante, si bien que les camarades, touchés par sa désolation, lui serrèrent la main, comme à un veuf.

Luc, afin de dissiper les pensées de mauvais augure, s'approcha d'Agnès. Les deux farauds, sans craindre de causer du scandale aujourd'hui, se caressaient au milieu de la rue. Après l'horreur d'avoir vu mourir, Agnès trouvait à son amoureux plus d'innocence et de jeunesse ; elle allongea son bras sur ses puissantes épaules, ils levèrent ensemble les yeux vers le soleil éternel et beau.

LES ŒUVRES COMPLÈTES

D'ALFRED DE VIGNY

POÉSIES — ROMANS — THÉATRE
ŒUVRES POSTHUMES — CORRESPONDANCE

NOTES ET COMMENTAIRES, par Léon SÉCHÉ

ÉDITION COMPLÈTE en 12 volumes de luxe de 250 pages environ, imprimés sur beau papier vergé avec des caractères spécialement fondus pour cette collection

(FORMAT 11 × 18)

Le volume broché . . . . . 1 fr. 50
Relié toile pleine . . . . . 2 fr. »
Relié 1/2 basane fers spéciaux. 2 fr. 50

POÉSIES : Poèmes antiques et modernes; Héléna; Fragments. 1 volume
Avec une notice sur Alfred de Vigny et une étude sur les Poèmes, par Léon SÉCHÉ.

STELLO . . . . 1 volume

CINQ-MARS . . . . 2 volumes

SERVITUDE ET GRANDEUR MILITAIRES. . . . . 1 volume

THÉATRE COMPLET
Tome I. — **Shylock, Othello.**
Tome II. — **La Maréchale d'Ancre.**
Quitte pour la peur.
Tome III. — **Chatterton** *suivi de Mademoiselle Sedaine et de la Propriété littéraire et du Discours de Réception à l'Académie française.*
3 volumes

JOURNAL D'UN POÈTE . . . . 1 volume

ŒUVRES POSTHUMES : *Les Destinées, Fantaisies oubliées, Mélanges* . . . . 1 volume

CORRESPONDANCE, nombreuses lettres inédites. . . . . 2 volumes

IMPRIMERIE CRÉTÉ
CORBEIL (S. ET O.)

www.ingramcontent.com/pod-product-compliance
Ingram Content Group UK Ltd.
Pitfield, Milton Keynes, MK11 3LW, UK
UKHW022338070726
13614UKWH00003B/1091